新潮文庫

# まゆみのマーチ

自選短編集・女子編

重松　清著



新潮社版

9295

# 目次

# まゆみのマーチ

自選短編集・女子編

# まゆみのマーチ

# 1

夜間通用口から病院に入った。昼間に訪ねたことは何度も――この半年間で十回以上あったが、夜は初めてだったので、エレベータホールへの道順がわからず、いったん外来のロビーに向かうことにした。非常灯だけが点《つ》いた廊下は、空調が効いているせいで深夜のオフィスビルのような肌寒さは感じないが、消毒薬のにおいの溶けた暖気が頬にまとわりついて、鼻の奥がむずがゆくなってしまう。

歩きながらコートを脱ぎ、携帯電話の電源を切った。今夜のうちに、外に出てこの電話を使うことがあるかもしれない。妻の奈津子《なつこ》は、今夜は枕元《まくらもと》にコードレス電話の受話器を置いて眠るから、と言っていた。リビングの鴨居《かもい》には家族三人――僕と奈津子の喪服と、一人息子の亮介《りょうすけ》の学生服が掛かっているはずだ。それとも、服はもうスーツケースに収められているだろうか。

病院に詰めている伯父から連絡を受けて、とるものもとりあえず会社から羽田空港に向かい、最終便に飛び乗ったのだった。搭乗口のゲートが開くのを待つ間に、家に電話をかけた。「そろそろ、みたいだ」の一言で奈津子には通じた。「だいじょうぶ?」と訊《き》かれ、「平気さ」と笑うと、胸の奥が鈍くうずいた。

母が死ぬ。

おそらく、あと数時間か、長くても一日か二日のうちに。

思っていたより冷静に、それを受け容《い》れられた。先月に一度、危篤《きとく》状態に陥って覚悟を決めていたせいかもしれない。マイレージの登録をする余裕さえ、あった。機械にカードと搭乗券を入れながら、奈津子の側の親戚《しんせき》のどこまでに連絡するかを話していたら、奈津子は「こんなときに言うのって悪いと思うけど」と申し訳なさそうに言った。「亮介、やっぱり無理かもしれない、って」

その言葉も落ち着いて聞くことができた。「おばあちゃんとお別れする気はあるんだろ?」と返す声も、震えたりかすれたりはしなかった。

「うん……それはもちろん、そうなんだけど……」

「今夜はゆっくり寝させてやれよ。で、たぶんお通夜《つや》は明日かあさっての夜で、葬式はその次の日だから、とにかく葬式にさえ間に合えば格好はつくんだから」

電話を切った。「お通夜」と「葬式」が耳に届いたのだろう、そばにいた若いサラリーマンがちらちらとこっちを見ていた。

母が死ぬ。

父はすでに四年前に亡《な》くなった。

大学進学でふるさとの家を出たのは、十八歳のときだった。いまは四十歳。上京後の日々のほうが故郷で暮らした日々よりも長くなったのを待っていたように、父は逝《い》き、母ももうすぐ逝く。僕が「息子」として過ごすのは、もしかしたら、今夜が最後になるのかもしれない。

外来ロビーはがらんとしていた。ここまで来れば、エレベータホールまでは通い慣れた道順だ。一分もしないうちに四階の母の病室に着くだろう。

ちょっと早すぎるかな、と思った。もったいぶってもしょうがないんだけどな、と苦笑して、こんなところで寄り道をして死に目に会えなかったらバカだぞ、と自分にあきれながら、壁際《かべぎわ》の自動販売機に向かい、紙パック入りのコーヒー牛乳を買った。

何列も並んだ長椅子《ながいす》のいちばん隅に腰を下ろして、コーヒー牛乳をストローで啜《すす》る。何年ぶりだろう。亮介がまだ小学校の低学年の頃は冷蔵庫のドアポケットにいつもコーヒー牛乳が入っていて、風呂《ふろ》あがりに「懐《なつ》かしいなあ」と言いながら飲むこともたまにあったが、最近はそれもなくなった。ひさしぶりに飲むコーヒー牛乳は、甘さよりもほろ苦さのほうが舌や喉《のど》に残る。

壁の時計を見た。午後十時。窓ガラスが夜風に叩《たた》かれて、カタカタと音をたてている。

出がけの東京は霧のような雨が降っていた。冬の初めの冷たい雨だった。

ふるさとは東京より八百キロ近く西にある。南側に海が広がる温暖な土地でも、冬が来ないわけではない。先々週訪ねたときにはまだ山の紅葉が盛りだったが、さすがにもう山は冬枯れの色に変わっているだろう。今夜、空港から乗ったリムジンバスの窓ガラスは白く曇っていた。バスに乗り込む前に見上げた夜空には、真ん丸からほんの少し欠けた月が浮かんで、真っ暗な夜空よりよほど寂しげだった。

コーヒー牛乳を飲み干すと、体が少し冷えて、ぞくぞくっと身震いした。コートを羽織って、空《から》になった紙パックを手のひらの中で握りつぶしたら、エレベータホールのほうから、物音が聞こえた。エレベータがフロアに着いた音だ。扉の開く音がつづき、靴音がこっちに近づいてきた。

長椅子に座ったまま振り向くと、薄暗がりのなか、女性の人影がロビーに足を踏み入れるところだった。

彼女が先に、僕に気づいた。立ち止まって、かすかな明かりに透かすようにこっちを覗《のぞ》き込み……「おにいちゃん?」と訊いてきた。

妹のまゆみだった。

よお、と軽く手を挙げて応《こた》えた。「ひさしぶりだな」と、これは声に出して。

まゆみは少し足を速めて僕のそばまで来た。

「どうしたん、こんなところで。おじさんもおばさんも心配しとったよ。幸司《こうじ》は飛行機に間に合わんかったんじゃろうか、って」

「……ちょっと休憩してたんだ」

コーヒー牛乳の紙パックを見せると、まゆみは、なにそれ、と苦笑した。

「おふくろ、どうだ?」

「うん……もう意識はないんよ。でも、心臓のほうはわりとしっかりしとるんよね。お医者さんも、明日の朝まではだいじょうぶなんじゃないか、って」

「病室にはおじさんとおばさんだけ?」

「そう。三人でおると息が詰まるけん、うちも休憩」

まゆみはそう言って自動販売機に小銭を入れ、オレンジジュースのボタンを押した。

「ビールでもあるといいんだけどな」

「なに言うとるん」

紙パックにストローを差して、僕の隣に座る。腰を下ろしたときに、ふーう、と長い息をついた。

「いつ来たんだ？」

「夕方」

「おばさん、ぎゃんぎゃん言ってただろ」

「うん……最後の最後ぐらいは親孝行しんさい、って。これで死に目に会えんかったら、あんた、ほんまにおかあちゃんに苦労だけさせたことになるんよ、って」

まゆみは意地悪そうな声色をつかって言った。僕がとりなして「まあ、おばさんにもずっと迷惑かけてきたんだからな」と言っても、返事をしなかった。

伯母夫婦——母の姉の夫婦には、ほんとうに迷惑をかけ、世話になった。僕は東京で、まゆみは大阪。ふるさとを離れてしまった子ども二人に代わって、母の看病はほとんど伯母が一人でつづけてきたのだった。

「おにいちゃん」

「うん？」

「おかあちゃん……死んじゃうね」

「ああ……」

「おとうちゃんも死んで、おかあちゃんも……死ぬんやね」

「しょうがないだろ、それは」

父は六十七歳で亡くなり、母は、おそらく六十八歳で亡くなる。長生きとは言えない。奈津子の実家では、おばあちゃんが八十七歳で、まだ元気に畑仕事をしている。それでも——もういいさ、と思う。父も母もじゅうぶんに生きたんだと、僕自身、人生の半ばを過ぎて、そう思えるようになった。

「元気にしとったか？」

ふるさとの言葉をつかって訊いてみた。なんとなくぎごちない言い方になった。僕はもう、東京の言葉で話すほうが自然だ。

まゆみは「おにいちゃんと会うの何年ぶり？」と逆に訊いてきた。

「親父《おやじ》の三回忌で会っただろ。だから、二年ぶりぐらいじゃないか」

「おかあちゃんのお見舞いも、ぜんぶ入れ違いやったもんね。奈津子さんや亮ちゃん、元気にしとる？」

「うん、まあ、元気だけど。おまえは？」

まゆみはストローを軽くくわえ、ジュースを啜らずにまた口から離して、「どうやろうね」と首をかしげて笑った。

暇なときに電話をかけあうような兄妹《きょうだい》ではなかった。年賀状のやり取りもしていない。お互いの近況は母を通して聞くだけで、母だって僕とまゆみの暮らしのすべてを知っているわけではない。

冷たい間柄だ、と奈津子にはときどき言われる。僕は「そうかもな」と認めるときもあれば、「そんなことないって」と言い返すときもある。自分でもよくわからない。ときどき冗談の顔と声で言う「あいつの話を聞いたら、最後は説教するしかなくなっちゃうからな」が、あんがい本音なのかもしれない。

「いま、おまえ、大阪なんだろ?」——そんなことまで、あらためて訊かなければわからない。

まゆみは小さくかぶりを振った。

「いまはね、神戸におるんよ」

「仕事……神戸から通ってるのか?」

「仕事って、おにいちゃん、おかあちゃんからどこまで聞いとるん? デザイン事務所を辞めた話は聞いた?」

「うん、それは聞いて、で、なんだっけ、知り合いの小料理屋だっけ、そこを手伝ってるって」

「ああ、あれ、すぐ辞めた。辞めて、インテリアのお店で売り子さんやって、そのあとまたふつうの会社の事務で就職したんやけどね……先月辞めて、神戸に引っ越したんよ」

五つ違いの兄妹だ。まゆみも、もう三十五歳になる。

一人暮らし――建前としては。

だから、僕も、仕事から先のことは訊かない。

「神戸でなにやってるんだ？」

「ボランティアで、ほら、震災で身寄りのなくなったお年寄りのひと、たくさんおるでしょ。そういうひとのケアをしとるんよ」

「生活できるのか？　そんなので」

「それは、まあね、いろいろと」

まゆみは笑った。僕はもうなにも訊かない。四十歳の兄貴が三十五歳の妹の人生に口出しをするのは、やはりみっともない話なのだと思う。

二年前に会ったときはソバージュだった髪は、いまは短く切り揃《そろ》えられていた。ジーンズにハイネックのシャツにカーディガン。高級そうなものはなにもないが、こざっぱりとしているから、とりあえず生活に困ってはいないのだろう。それだけ確かめれば、いい。

「なかなか落ち着かないな、おまえも」

「そうやねえ、なんでなんやろね、自分でもようわからんけど」

「おふくろが入院してから、ちょっとは話、できたのか」

「うん、泊まったときなんかはね。おかあちゃん、昔のことばっかり話すんよ」

「そうか……」

「いつやったかなあ、おかあちゃんの背中さすってあげながら、『まゆみのマーチ』を歌《うと》うてあげたんよ。そうしたら、おかあちゃん、急に涙ぽろぽろ流して泣きだした」

『まゆみのマーチ』——懐かしい言葉を、ひさしぶりに聞いた。

歌の名前だ。母が小学生だったまゆみのためにつくった歌。どんなメロディーで、どんな歌詞なのか、僕は知らない。訊いても二人とも教えてくれなかった。父もたぶん、最後まで知らないままだっただろう。

「なあ、『まゆみのマーチ』って、ほんとに、どんな歌なんだ?」

まゆみはジュースを一口啜って、「ないしょ」と笑った。「うちとおかあちゃんだけの秘密やもん」

うちとおかあちゃん、と言うときに、ちょっと嬉《うれ》しそうな声になる。幼かった頃のまゆみの姿が、一瞬、浮かぶ。いつもまゆみのそばにいた、あの頃の母の姿も、一緒に。

「神戸に引っ越したこと、おふくろには教えたのか?」

「ううん、もう、こういうときに心配かけてもしょうがないしね」

僕は黙ってうなずいた。

「おにいちゃんは? おかあちゃんとたくさんしゃべってあげた? おにいちゃんの話やったら、おかあちゃん喜ぶけん、いっぱい自慢してあげた?」

苦笑して聞き流し、そっと目をそらした。

両親の自慢の息子だった、と思う。子どもの頃から「しっかりした子」だと言われつづけていた。勉強もよくできたし、スポーツも得意だったので、学校ではずっとリーダー格だった。高校は地区でいちばんの進学校に進み、一流と呼ばれる東京の私大に現役で入学した。就職したのは名前を言えば誰でも知っている総合商社。三十代前半までは、日本にいるよりシンガポールとマレーシアで過ごした日々のほうが長かった。いまは本社で営業企画のセクションを一つ率いて、上海《シャンハイ》でのビジネスモデルを構築しているところだ。

それでも、病室で仕事の話をしても母はあまり喜ばなかった。「おかあちゃんには難しいことはようわからんけん、幸ちゃんが元気でやりよるんなら、それでええ」としか言わない。

代わりに母が訊《き》いてくるのは、決まって、亮介のことだった。

「亮ちゃんは元気で学校に行きよるん？」

入院して気持ちが弱くなったのか、ほんとうに、それればかり何度も訊いてきた。

僕はいつも「元気だよ」と答えた。あいまいにしか笑えなかった。

まゆみはジュースを飲み終えると、伸びをしながら長椅子から立ち上がった。

「おにいちゃん、まだ行かんの？」

「ああ……もうちょっとだけ、ここにいる」

「おじさんになにか言うとこうか？」

「いや、いいよ、すぐに上がっていくから」

怪訝《けげん》そうに僕を見たまゆみは、クスッと笑った。

「おにいちゃん、おかあちゃんが死んでいくの、怖いんと違う？」

そうかもしれない。まったく的はずれなのかもしれない。自分でもよくわからない。

最近、自分自身の気持ちをはっきりと「こうだ」と言えなくなってきた。いつもどっちつかずになってしまう。

「うちは怖《こお》うないよ。悲しいことは悲しいけど、でも、おかあちゃん、もうゆっくり寝させてあげたいもん。痛い思いしたり、気持ち悪うて夜も寝られんのは、かわいそうやもんね」

母はガンだった。不正出血がつづいたので病院で精密検査を受けたら、子宮にガンが見つかった。それが春先のことだ。すでにリンパ節にも転移していて、手遅れの状態だった。膵臓《すいぞう》、肝臓、腎臓《じんぞう》と転移して、秋に入ると、脳も冒された。痛みを取り除くためのモルヒネの投与を医師に持ちかけられたが、僕は母が最初に危篤《きとく》に陥るまで断りつづけた。あとでそれを聞いたまゆみは、おかあちゃんがかわいそう、と涙を流した。伯母から聞いた。おにいちゃんは強いから、厳しすぎるから、と言っていたらしい。

「ぜんぜん怖うないよ、ほんま、うちは」

まゆみは念を押すように言って、自分の胸を指差した。さっきと同じように嬉しそうな、なにかを自慢するような顔になった。

「おかあちゃん、昔からずうっと、ここにおるもん。『まゆみのマーチ』、歌うてくれとるもん」

僕には聞こえない歌を、母はまゆみに歌いつづけてきた。いまも、失った意識の中で、母は歌っているのかもしれない。

「じゃあ、先に行ってるね」と歩きだしたまゆみを、呼び止めた。

「なんか……こういうときに言うような話じゃないんだけど……」

「どうしたん？」

「おふくろの葬式、奈津子と亮介、来ないかもしれないんだ」

「なんで？　亮ちゃん、学校が忙しいん？」

「あいつ……学校に行ってないんだ。家から出られなくなっちゃって、奈津子がついててやらないと、ちょっと、家の中でも心配で……」

「引きこもり？」

「そういうんじゃないんだけど、調子悪くてさ、最近。だから、まあ……それだけ、先に言っとこうと思って」

話しているうちに声がくぐもり、自然とうつむいてしまった。

しばらく沈黙がつづいた。まゆみはなにも応えず、といって、立ち去りもしない。

「まあ、一時的なものだとは思うんだ」

顔を上げ、無理に笑ったが、まゆみは笑い返さなかった。

「おにいちゃん、『亮介のマーチ』って歌える？　歌うてあげればええのに」

僕の答えを待たずに歩きだした。途中で振り向いて、「うちの話は参考にならんと思うよ。あの頃といまとでは時代が違うけん」――顔は笑っていたが、声は、ぴしゃりと壁や床に響いた。

「……わかってるよ、そんなの」

僕の声は、また低く沈んだ。

まゆみはもう振り向かずに、太い柱を回り込んでエレベータホールに向かった。僕はため息を呑《の》み込んで、その姿をぼんやりと見送る。

とりたてて変わったところはない、ごくふつうの歩き方だった。

だが、それがどうしてもできなかった日々が、かつて、まゆみにはあった。

もう三十年近くも前の、遠い、遠い昔ばなしだ。

## 2

幼い頃のまゆみは、歌の大好きな女の子だった。童謡からテレビ番組の主題歌、流《は》行《や》りの歌謡曲まで、いつもなにかの歌を舌足らずな声で口ずさんでいた。

歌手になるのが夢だった。母のヘアブラシをマイク代わりに、しょっちゅう鏡台の前でリサイタルを開いていた。天地真理、南沙織《さおり》、にしきのあきら、麻丘めぐみ、森昌子《まさこ》……幼稚園の年長組の頃にフィンガー5がデビューすると、ボーカルの妙子《たえこ》に憧《あこが》れて、でも自分のほうが歌は絶対に上手《うま》いのに、と唇をとがらせていた。

「まゆみはミュージカルをやりよるみたいなものやねえ」

母はよく笑っていた。

実際、まゆみの歌はほとんど途切れることがなかった。朝起きて服を着替えるときも歌う。歯を磨くときにはハミングで歌う。トーストをかじりながら歌う。お風呂《ふろ》に入っていても歌う。トイレの中でも歌う。「おやすみなさい」を言って布団《ふとん》に入ったあとまで歌うのだ。

「まゆみは寝てからも、寝言の代わりに歌を歌うんじゃけん」

父はからかうように言っていた。もしかしたら、それはまんざら冗談ではなく、ほんとうのことだったのかもしれない。

歌っているときのまゆみは、いつも楽しそうだった。楽しくないことをしなくてはいけないとき——たとえば遊んだあとでオモチャを片づけるときでも、インフルエンザの予防注射を打つときでも、歌を口ずさむだけで、ふくれつらや半べその顔は笑顔に変わる。

僕は、まゆみのそんな笑顔がとても好きだった。本人が信じ込んでいるほど歌が上手いとは思わなかったが、にこにこと微笑《ほほえ》みながら歌うまゆみを見ていると、こっちまで楽しくなってくる。

五歳違い、しかも男と女という違いもあるせいだろうか、僕たちは兄妹喧嘩《げんか》はほとんどしなかった。歳《とし》の近いきょうだいのようにお互いに張り合うこともない。兄と弟なら「おにいちゃん、おにいちゃん」とつきまとわれてうっとうしく思ったかもしれないが、まゆみはとにかく一人で歌っていればそれで幸せな女の子で、僕はまゆみのおにいちゃんというより、両親と同じ側から、どう言えばいいのだろう、小さな小さな宝物を見るように、まゆみのことを見ていたのだった。

歌が終わると、ときどき拍手をしてやった。照れくさそうにおじぎをして、「では、次の歌を歌います」とヘアブラシのマイクを両手で口元にあてるまゆみは、ほんとうに小さくて、あどけなくて、愛らしかった。

だが、いまの僕は——あの頃の両親よりも年齢が上になった僕は、思うのだ。親父《おやじ》やおふくろも、のんきなものだったよな。あきれ顔で、ため息をついて、やれやれ、と首を横に振る。

ミュージカルのように、なにをやっていても歌を口ずさむなんて、ちょっとおかしいじゃないか。おとなは、そんなことはしない。学校に通う子どもだって、歌を歌ってもいいときとよくないときの区別ぐらいついている。

まゆみには、それができなかった。幼稚園の頃に両親が「いまは歌うたらいけんのよ」と厳しくしつけなかったせいだろうか。生まれつき学校や社会のルールと嚙《か》み合わない子どもだったのだろうか。

幼稚園の先生は、あるとき、母に言った。

「まゆみちゃんが部屋にいると、にぎやかすぎちゃって、先生の言うことなんて、だーれも聞いてくれないんですよ」

やんわりした抗議や、あるいは警告だったのかもしれない。母はそれを聞いても「あらあら、まあまあ」と笑うだけで、母から聞かされた父も「まゆみは宴会部長じゃのう」とおどけて言うだけだった。僕の両親は、悲しいほどのんきなひとたちだったのだ。

まゆみは小学校に入学した。

僕は六年生だった。児童会長として、新入生を迎えた。入学式のプログラムの終わ

り近くに用意されている『在校生からのあいさつ』を代表でつとめることになってい
た。
講堂に折り畳み椅子《いす》を並べてつくった教師の席のいちばん端に、僕の席もあった。在校生の中で一人だけそこに座っていると、なんだか自分がうんと偉くなった気がして、緊張よりも誇らしさで胸がいっぱいになった。
一カ月前の卒業式でも、在校生からの送辞は僕が読んだ。送辞の内容も、読み方も、先生からとてもよかったと褒《ほ》められた。児童会の任期は五年生の十月から六年生の九月まで。入学式のあいさつは、児童会長の最後の大きな仕事だった。何度も何度も書き直して原稿を仕上げ、「みなさん、入学おめでとうございます」から「今日から僕たちといっしょに、勉強に、スポーツに、遊びに、明るく楽しくがんばっていきましょう」まで繰り返し練習を積んできた。
完璧《かんぺき》なあいさつになるはずだった。保護者席には、母と、会社を休んだ父も座っていた。家族のアイドルの入学と、自慢の息子の晴れ舞台。両親にとっても最高の一日になるはずだったのだ。
講堂に新入生が入場した。在校生の席に座る五年生と六年生が拍手で迎える。ちょっ
声が聞こえた。女の子の歌声だった。拍手の音に負けまいとしているのか、

と気取った入場行進が楽しくてしかたないのか、女の子は——まゆみは、元気いっぱいに歌っている。

僕は椅子に座ったまま、身を縮めた。顔から血の気がひいていく、というのが生まれて初めてわかった。

保護者席がざわめきはじめた。在校生の中には、腰を浮かせて歌の主を探す連中もいた。もっとも、そのときにはまだ、会場ぜんたいが苦笑いでまゆみの歌を受け容《い》れてくれていた。

式が始まった。おごそかな雰囲気に包み込まれて、まゆみの歌声も止《や》んだ。だが、何人もつづいた来賓祝辞の終わり頃になると、しんと静まっていた新入生の席から、また歌声が聞こえてきた。本気で歌っているのではなく、退屈を持て余してつい鼻歌が出てしまったという感じだったが、まわりが静かなぶん、声はびっくりするほどよく響いた。

演壇《えんだん》に立っていた教育長の顔が、最初は怪訝そうにこわばり、やがて見るからにむっとした顔になった。保護者席は今度はざわめかない。無言で、非常識な新入生に眉《まゆ》をひそめる。一年生はぜんぶで三クラス。百人以上の新入生の中で、歌っているのは、もちろんまゆみ一人きりだった。

祝辞と祝辞の間に、女の先生が困惑しながら新入生の席に向かった。僕が三年生と四年生のときのクラス担任だった早川先生——家庭訪問や保護者面談でいつも「幸司くんの将来が楽しみです」と言ってくれていた早川先生は、まゆみのクラス担任でもあった。

先生はまゆみに近づいて、小声でなにか言った。「はーい」と、まゆみの屈託のない返事に、保護者席や在校生席だけでなく、新入生の席からも忍び笑いが漏れる。

教員席に戻るとき、先生はちらりと僕を見た。あの子、あなたの妹よね？　と半信半疑で尋ねるような表情だった。

それからしばらくの間はまゆみは静かにしていたが、来賓祝辞がすべて終わり、祝電披露が始まると、また声が聞こえてきた。あの頃ヒットしていたフィンガー5の『恋のダイヤル6700』の「あなたが好き、死ぬほど好き、この愛受け止めてほしいよ」——いっとうお気に入りだったフレーズを、まゆみはシナをつくったしぐさと声色で口ずさんだ。

行儀良く座っていた新入生や在校生の肩がぐらぐら揺れた。みんな笑いをこらえて、なかには我慢できずにプッと噴き出してしまう子もいて、それでまた、みんなの肩が揺れてしまう。

『在校生からのあいさつ』の番になった。司会をつとめる教頭先生に「在校生代表、六年一組、大野幸司くん」と名前を呼ばれて、演壇に上った。返事も歩き方も、リハーサルのときよりずっとぎごちなかった。まゆみのせいだ。完璧に覚え込んでいたはずの原稿も、演壇から新入生の席を見て、まゆみと目が合って、やっほー、おにいちゃーん、と手を振られると、頭の中が真っ白になってしまった。言葉が出てこない。あいさつの前に来賓席に一礼するのも忘れた。しかたなく原稿用紙を広げようとしたら、指先がこわばってしまったせいで、三枚ある原稿用紙はばらばらに床に落ちてしまった。

さんざんだった。声がかすれ、震え、裏返って、早口になったと気づいても、テンポを途中で変えることすらできなかった。クラス担任の藤森先生や児童会の徳光先生は「よう読めとったよ」とあとで褒めてくれたが、自分で思い描いていた出来映えの半分にも満たなかったのは、僕自身が誰よりもわかっていた。

泣きたいような気持ちであいさつを終え、新入生に向かっておじぎをすると、まゆみとまた目が合った。僕のあいさつの間は、まゆみは歌わなかった。じっと黙ってあいさつを聞いて、真っ先に、いちばん大きな拍手をしてくれた。

入学式が終わって家に帰ると、母はまゆみを椅子に座らせて、「小学校は幼稚園とは違うけんね、勉強のときに歌《うと》うたらいけんのよ」と教えさとすように言った。

僕はふてくされて、家に帰ってもおやつも食べずに自分の部屋に閉じこもっていた。母の口調が気に入らない。もっと強く、叱《しか》るときの声で言えばいいのに。いままで甘やかしすぎたから、あんなことになったんだ。

「いやぁ、それでも、ああいう場所で歌えるいうんは、まゆみは大物なんかもしれんのう」

父まで、そんなことを言う。ごはんのときに「いただきます」と「ごちそうさま」を言い忘れたら、すぐにおっかない顔でにらむくせに、もっと大切な入学式での失敗を、ちっとも怒らない。それが不思議で、悔しくてしかたなかった。

まゆみは、「はーい」と明るく返事をした。しょげた声ではなかったし、自分がよくないことをしたんだと反省しているふうにも聞こえなかった。

そして、お説教にも至らない母の話が終わると、真新しいランドセルを開け閉めしながら、さっそく歌いはじめるのだった。

# 3

伯父と伯母は、十一時過ぎにタクシーを呼んで病院からひきあげた。母の血圧や心拍数は夕方の危険な状態を脱し、いまはとりあえず安定している。意識は戻っていないが、酸素テントも取り外され、万が一に備えて待機していた主治医も休憩室で仮眠をとると言っていた。

ベッドの横の椅子に座って母の寝顔をぼんやり見つめていたら、伯母夫婦を通用口まで送っていったまゆみが戻ってきた。

「外、けっこう冷え込んできとるよ」

肩をすくめて身震いしながら言う。

「霜でも降りるかな……」

「それはまだだいじょうぶやと思うけど、でも、明日も寒いやろうね」

「おふくろ、寒がりだったよな」

「冷え性やったけんね」

「親父が倒れたのも雪の日だっただろ」

「うそ、夏やったよ」

「最初のときだよ」

父は五年前の雪の日に脳梗塞《のうこうそく》で倒れた。一命はとりとめたものの右半身が動かなくなり、それでいっぺんに老《ふ》け込んでしまった。翌年の夏、蒸し暑い夜にまた倒れた。今度は脳溢血《のういっけつ》で、そのまま逝《い》った。一度倒れているぶんこちらにもある程度の覚悟はできていたが、それでも、悲しむ前に呆然《ぼうぜん》としてしまったあっけない死だった。

まゆみは壁に立てかけてあった折り畳み椅子を持ってきて、僕の隣に座った。

「おとうちゃんには、ほんま、親不孝ばっかりやったなあ……」

ぽつりと、ため息交じりに言う。

「最悪だったもんな、あの頃」——「最悪」という言葉でくる余裕すら、あの頃にはなかった。

父が最初に倒れた頃、まゆみはふるさとの街から新幹線で二駅の、県庁のある街に住んでいた。男がいた。僕よりも年上のその男は、妻と子どものいる我が家には帰らず、まゆみと同棲《どうせい》していたのだった。

一度だけ写真で見たことがある。まゆみの会社の上司だった。まじめそうな男で、いかにも気の弱そうな男でもあった。まゆみと将来のことをどう約束していたのかは知らない。ただ、向こうの奥さんに夫と離婚する気はなく、二人を許すつもりも当然なかった。会社に乗り込まれたり、マンションの近くで待ち伏せされたり、泣かれたり脅されたりの修羅場になったすえ、どこでどうやって調べたのか、奥さんはなにも知らない両親のもとへも電話を入れた。

魔性の女――と、女性週刊誌の煽《あお》り文句のようなことを言われた。まじめだった夫を引きずり込んだ女。幸せだった家庭をぼろぼろにして、平気な顔をしている女。父と母がどう言い返したのかは知らない。ただ、「絶対にそんなことはない」とは言わなかったんじゃないか、という気がする。まゆみは二十代にも一度、年上の男性と不倫騒ぎを起こしていたから。

父が倒れたのは、精神的に追い詰められた奥さんが自殺を図って病院に運ばれた、その数日後のことだった。倒れた直後は、僕の仕事がとんでもなく忙しい時期だった。一命はとりとめたこともあってすぐには帰郷できず、父が退院してから、ようやく時間をつくって奈津子と亮介を連れて見舞った。

パジャマ姿で居間の座椅子に座る父を一目見たとき、ああ、もう長くないな、と感じた。こけた頬に白い無精髭《ぶしょうひげ》が生え、右半身の麻痺《まひ》とも関係あるのだろうか、目もひどく落ちくぼんで、母に体を支えてもらわなければ体を起こすことすら満足にできない。なにより言葉だ。口や顎《あご》がうまく動かず、しゃべっていることがほとんどわからない。それ以前に、言葉そのものも出てこないようで、口をしばらくひくつかせたすえに、自由に動く左手で座椅子の肘掛《ひじか》けをいらだたしげに叩《たた》くことも多かった。

酒の好きなひとだった。煙草《たばこ》もたくさん吸っていた。僕は「もう酒も煙草もだめだからね」と少し強く言った。「少しは健康に気をつけて、早くリハビリして歩けるようにならないと、ほんとに寝たきりになっちゃったら困るだろ」——僕は、まゆみの一件をなにも知らされていなかったのだ。

二泊する予定だったが、シモの世話も母に頼りきりの父の様子を見て、一泊で東京に戻ることにした。

「親父《おやじ》のあんな姿、亮介に見せたくないんだ」僕は母に言った。「紙おむつをつけてる姿なんて、親父だって見られたくないと思う」

母はちょっと不服そうに言い返した。

「でも、おとうちゃん、幸ちゃんらが帰ってくるんを楽しみにしとったんよ」

「楽しみにしてるって、そんなの、ろくにしゃべれないのに、わかるわけないだろ。おふくろが勝手に決めるなよ」

父にだってプライドがあるはずだ。僕なら、こんな姿、たとえ家族にも——家族だからこそよけい、絶対に見せたくはない。

「リハビリすれば、トイレぐらいは自分でできるようになるんだろ？　その頃に、また亮介を連れてくるよ。いまの状態じゃ、たんに死ななかったっていうだけで、親父だって恥ずかしいと思うんだ。亮介にも、おじいちゃんの元気な頃のイメージってあるんだから、それをあんなふうに崩しちゃうと、やっぱりまずいよ」

「……そういうもんかなあ」

母は自信なさげに首をかしげた。難しいことを考えるのが苦手なひとだ。「おかあちゃんにはようわからんけん」というのが口癖で、その口癖はいつも「幸ちゃんのええようにすればええよ」と締めくくられる。

「そういうものなんだよ。親父のプライドのこともちょっとは考えてやらなきゃ。明日の朝、帰るよ。絶対にそのほうがいいんだから」

「まあ……おかあちゃんにはようわからんけん、幸ちゃんのええようにすればええよ」

「リハビリ、大変だと思うけど、甘やかさないでよ。昔と同じように戻るのは無理だと思うけど、せめて身の回りのことぐらいは自分でできるようにしとかないと。このまま寝たきりになったら、ほんとに困るんだから。おふくろがしっかりリハビリやらせないと」

「……おかあちゃんにできるじゃろうか、そげな難しいこと」

「やらなきゃしょうがないだろ。おふくろがやらなきゃ誰がやるんだよ」

ぐずぐずと弱音を吐く母にいらだって、そのいらだちが、まゆみのことに行き当たった。

「まゆみ、たまには看病に帰ってるの?」

母はうつむいて首を横に振りながら、「あの子も忙しいけんね……」と言った。

「なに言ってんだよ。ウチと違って、あいつは近いんだから、わがまま言わせないでよ。おふくろが一人で無理して倒れたら、ほんとに困るだろ。ちょっとあいつに電話するよ、電話番号教えて」

そうだ——僕は、まゆみの家の電話番号すら知らなかったのだ。

母は困惑して顔を上げ、まゆみのトラブルのことを初めて僕に打ち明けた。

すでに、すべては終わっていた。夫は家庭に戻り、会社に辞表を出してどこかへ引っ越してしまったのだという。まゆみも会社を辞めた。その会社に勤めたのは結局一年たらずで、男をつくって別れるために就職したようなものだった。

母は、向こうの奥さんが自殺を図る前、真夜中に何十回も無言電話があったことも教えてくれた。警察に相談しようかと話していた矢先に、奥さんが手首を剃刀《かみそり》で切って病院に運ばれたのだ。

脳梗塞が起きる要因の一つにストレスがあることぐらい、素人《しろうと》の僕だって知っている。もしもまゆみが目の前にいたら、すぐに怒鳴りつけて、頬を一発か二発張り飛ばしたかった。

だが、母は沈んだ声で「あの子も運の悪いところがあるけんなあ……」と言うだけで、まゆみを責めたり愚痴ったりはしなかった。

「親父はなんて言ってた？　怒ってただろ？」

「……おとうちゃんが倒れたあと、まゆみはすぐに来てくれたんよ。それでも、おとうちゃん、目をそらしてしもうて、口をきかんの。ああ、怒っとるんやなあ、って。そやけん、まゆみが手伝いに帰ってきてくれても、おとうちゃんは喜ばんし、あの子もかわいそうやし……」

甘やかしすぎている。母を見るたびに、子どもの頃からずっと、思う。

「なんで教えてくれなかったんだよ、そんな大事なこと」

「……幸ちゃんに心配かけたらいかんやろ。仕事も忙しいんやし、東京は遠いんやし」

「だって、妹のことだろ。兄貴がなにも知らなくてどうするんだよ」

「そうやね、おかあちゃん、いけんかったかなあ……」

「だって、考えてみろよ。もしも向こうのカミさんが俺のほうにまで電話してきたら、どうなってると思うんだよ。僕は東京なのでなにも知りませんでしたじゃ通らないだろ。ちょっとはこっちのことも考えてくれよ」

　母は「ごめんなあ、ごめんなあ」と謝った。小さな体をいっそう縮めて、頭を下げた。僕に連絡をしなかったことよりも、僕を怒らせてしまったことを詫《わ》びている。母はいつもそうだ。大事なことがなにもわかっていないまま、目先のことをとりあえずやり過ごそうとする。

　いらだちの向く先は、また母に戻った。

「まゆみは……あいつ、おかしいんだよ、世の中とちゃんとやっていけないんだ。わかるだろ？　仕事はぜんぜん長続きしないし、ろくな男と付き合わないし、将来なにがやりたいのか、自分になにができるのか、あいつ、なんにも考えてないじゃないか。もう三十なんだぞ、他の友だちなんか、みんなちゃんと結婚して、子どもも育てて、まっとうにやってるんだよ。なんであいつだけそれができないかわかる？　おふくろが甘やかしてるからなんだよ。子どもの頃からずっとそうだろ？」

一息にまくしたてる僕に、母はなにも言い返さなかった。

「とにかく、明日の朝イチで帰るから。で、親父が紙おむつをつけてるうちは、顔を出さないから。親父に言っといて。僕らに会いたいんだったら、がんばってリハビリして、早く元気になれ、って。そうしないと、亮介に会えても抱っこもできないだろ。それを励《はげ》みにしてがんばらせてよ」

母はうつむいたまま、黙り込んでいた。これ以上しゃべっていると怒鳴り声になってしまいそうだったので、僕はいらだちを腹に残したまま、奈津子と亮介の眠る二階の和室にひきあげた。

布団《ふとん》に入っても、なかなか寝つかれなかった。腹が立ってしかたなかったのが半分、残り半分は、さすがに言い方がキツすぎて母がすねてしまっただろうか、と気になっていた。

しばらくすると、階下からがたがたと物音が聞こえた。怪訝《けげん》に思って階段を下りると、母は台所にいた。流し台の下から漬け物の桶《おけ》を取り出して、白菜の浅漬けを切っているところだった。

「どうしたの？」

母は包丁を動かす手を止めて僕を振り向き、「明日帰るんじゃったら、朝ごはん、白菜のお漬け物を出してあげよう思うて」と笑った。

白菜の浅漬けは、僕の好物だった。

「……そんなの、明日の朝でいいだろ。うるさくて眠れないよ」

「ああ、ごめんごめん、すぐ終わるけん」

「漬け物なんてどうでもいいんだよ、そんなの」

吐き捨てて二階に上がる僕に、母はのんきな声で「亮ちゃんのお漬け物は、唐辛子を抜いとくけんね」と言った。

母は、そういうひとだった。

そして、僕は——いまになって、優しくない息子だったよな、と思う。

「親父とは、けっきょく仲直りできたのか」

まゆみを振り向いて訊《き》いた。

「どうやろね……」

まゆみは母の左の手のひらを掛け布団から出してさすりながら、苦笑交じりに首をかしげた。

「最後のほうは、まあ、ふつうにしゃべっとったけど……許してくれとらんかったんかもしれんね」

「世間の常識とか道徳とか、そういうのに厳しいところがあったもんな、親父って」

「おにいちゃんとよう似とるよね」

「……かもな」

「で、うちはおかあちゃん似」

まゆみは嬉《うれ》しそうに言って、「なあ？　おかあちゃん」と母の手のひらを両手で包み込んだ。

「どうする？　家に帰るんだったら、俺がここに泊まるけど」

「おにいちゃん、ホテルとってないん？」

「うん、もっとヤバい状態だと思ってたからな。おじさんの電話だと、ほんと、あと一時間とか二時間っていう感じだったから」

「でも、おかあちゃんの手、まだ温かいもん。ぜんぜんだいじょうぶなん違う？　ええよ、おかあちゃんはうちが看《み》るけん、おにいちゃんホテルに泊まれば？　家は火の気がないけん寒いと思うよ」

「……今夜は俺が泊まるよ」

「最後の親孝行？」

「そんなんじゃないけどさ」

「でも、うちもおかあちゃんと一緒におってあげたいけん、二人で泊まればええやん」

「うん……」

「それに」くすっと笑う。「おにいちゃんと二人きりやったら、おかあちゃん、またおにいちゃんに叱《しか》られるんじゃないかって怖がるかもしれんもん」

人工呼吸器のシューシューという規則的な音を数えて、言葉のトゲをいなした。

まゆみは椅子《いす》を持ってベッドの反対側にまわり、今度は右の手のひらをさすりながら、つづけた。

「おにいちゃん、亮ちゃんのこと叱っとるん？　学校に行け、学校に行け、いうて」

「そんなこと言うわけないだろ」――親父とは違うんだから、と付け加えてもよかった。

「でも、学校に行かんと、あとで自分が困るんじゃやから、とか言うとるでしょ」

それは、当たり、だった。黙っていたら、まゆみはまた、くすっと笑った。

「おとうちゃんが最初に倒れたとき、おにいちゃん、寝たきりになったら困るけん困るけん、っておかあちゃんに何べんも言うたんやてね。おかあちゃん、あとで笑《わろ》うとったんよ」

幸ちゃんが「困る、困る」と言うときは、自分が困るけん、そげん言うんよね——。

おかしそうに笑いながら、母はまゆみに話した、という。

僕はまた人工呼吸器の音を数える。時計の秒針よりも少し遅いリズムだった。

二十まで数えたとき、まゆみは言った。

「亮ちゃんのときも、それと同じなん違う?」

もう一度、最初から数え直す。

まゆみは「よけいなこと言うてごめんね」と言って、話はそれで終わった。

百七十まで数えたとき、日付が変わった。まゆみは座る位置を母の足元に移して、足の甲をゆっくりゆっくりさすっていた。

4

まゆみは入学式で失敗したあとも、歌をうたうのをやめられなかった。本人が「失敗した」とは思っていないのだから、どうしようもない。授業中、早川先生が話すときには、さすがに黙っている。それでも、先生が「はい、じゃあみんなもやってみて」と書き取りをさせたり数をかぞえさせたりすると、つい鼻歌が出てしまう。

楽しいのだ。幼稚園の頃から、僕が家で宿題をしているのを見ては、「まゆみも、おべんきょうしたい、おべんきょうしたい」とせがんでいた。二月にランドセルを買ってもらうと、それを幼稚園にも背負って行くんだと言ってきかなかった。小学校に入るのを、ずっと楽しみにしていたのだ。ランドセルを背負って学校に通い、教室で勉強をするのが、楽しくて、嬉しくて、誇らしくてしかたなかったのだ。だから――歌う。国語のノートに「山」や「川」の漢字を大きな字で書きながら、歌う。算数の教科書の、電線にとまった小鳥の数をかぞえながら、ハミングする。

最初のうちは、早川先生は苦笑交じりに「勉強しとるときは歌《うと》うたらいけんのよ」と注意するだけだった。まゆみも、注意されたときには「はーい」と素直に応《こた》える。それでも、しばらくすると、唇からこぼれ落ちるように歌が出てしまう。「大野さん、歌うとるよ」と先生が声をかけると、はっとした顔になって口をつぐむから、本人も意識しないうちに歌ってしまっているんじゃないか――と、先生は五月の家庭訪問のときに母に言った。

母は申し訳なさそうに先生に謝った。だが、先生が帰ったあとで「どうやった？先生、なんか言うとった？」と訊いてくるまゆみには、歌のことは一言も言わなかった。

「まゆみちゃんはいつも元気で明るくて、とってもいい子です、って言うとりんさったよ」

どきどきしていたまゆみは、やったぁ、とバンザイをした。

「なあなあ、うちとおにいちゃん、どっちがいい子やて言うとった？」

「うーんとなあ、勉強はおにいちゃんのほうができるけど、まゆみちゃんのほうが楽しそうに毎日学校に通うとります、やて」

やったぁ、やったぁ、とはずんだ声が、僕の部屋にも聞こえてくる。

どうして――？

それがずっとわからなかった。いまでもわからない。あの段階で母がもっと厳しく叱っていれば、もしかしたら……と思う。母はやはり、まゆみを甘やかしすぎていたのだ。

五月の終わり頃、まゆみの歌がうるさい、という声が同級生からあがるようになった。どうなってるんだ、と親から学校に電話が入る。どうにかしてくれ、と早川先生に抗議する親もいた。

児童会の仕事で職員室を訪ねた僕が、先生に「大野くん」と呼び止められたのは、ちょうどその頃だった。

先生は僕を会議室に連れていき、「妹さんのことなんだけど」と話を切り出した。

「まゆみちゃんって……幼稚園の頃、団体行動が苦手だったりしたん？　みんなと一緒になにかをやるのが馴染《なじ》めないっていうか、そういう子やった？」

僕は黙って首を横に振った。まゆみは、おゆうぎが大好きだった。近所にも仲良しの友だちが何人もいるし、一人ぼっちで遊んでいる子を見るとおせっかいをやいて仲間に入れてやろうとする子だった。そういうことを順序立てて話したかったのに、胸がつっかえて、急に息苦しくなって、なにも言えなかった。

「だったらねえ……」

先生は言葉を探すように少し間をおいて、「なにかをするときに落ち着きがないとか、じっとしていられないとか、そういうことはあった？」と訊いた。

僕はまた黙って首を横に振る。まゆみは雑誌の付録を組み立てるのが好きだ。母が手伝おうかと言っても一人でがんばるからと断って、ゆっくり、じっくり、時間をかけてつくっていく。ジグソーパズルも得意だ。せっかちな僕ならばらばらにしたピースを見るだけでうんざりしてしまうパズルも、根気強く仕上げていく。いつだって、歌を口ずさみながら——なのだが。

先生は腕組みをして、ため息をついた。困ったなあ、という顔をしていた。先生は、僕がまゆみをかばって嘘《うそ》をついていると思っているのかもしれない。顔がカッと赤くなって、息がもっと苦しくなった。

早川先生は、僕のことをとても気に入ってくれていた。「大野くんはまじめだから、将来は立派なおとなになります」と、道徳の時間だったか学級会のときだったか、みんなの前で言ってくれたこともある。先生は、まじめな子が好きだった。授業中の私語や、給食を食べているときのおしゃべりが嫌いだった。席についているときも「ほら、背筋を伸ばさんと」「頬づえをついたらいけんよ」「シャツの裾《すそ》が背中から出とるよ」と小言ばかり言っていた。二年間で一度も注意されなかった男子は僕だけだった、と思う。

「ねえ、大野くん」

「……はい」

「まゆみちゃんて、家でも歌が好きなん?」

うなずきかけたとき、背筋がこわばった。先生はまゆみのことを病気だと思っているのかもしれない。答えない僕に先生は少しいらだったように、「家でも、ごはんのときやみんなでテレビ観《み》とるときに歌うたりするん?」と重ねて訊いてきた。「歌うたらいけんときにも、まゆみちゃん、歌うん?」

考えるより先に、たたみかける先生の勢いに気《け》おされて、首を横に振った。嘘をついた。先生の前で嘘をついたのは初めてだった。

まゆみは晩ごはんがカレーライスのときには、必ず自分でつくった『カレーの歌』を歌いながら食べる。じゃーがいもさん、にーんじんさん、たーまねぎさん、おーにくさん、ぱっくん、ぱっくん、ぱっくん、ぱっくん……そんな歌が、まゆみにはたくさんある。

「家では歌うたりせんのやね?　それ、ほんまやね?」

先生は念を押して訊いた。さっきより、もっとおっかない声だった。

「ほんまです」――うつむいて、僕は言った。

先生は腕をきつく組み直して、ふうん、そうなん、と窓のほうを見てうなずいた。しばらく沈黙がつづいた。実際にはほんのわずかの間だったのかもしれないが、そのときの僕には、それが果てしもなく長く深い静けさのように感じられた。

先生は腕組みを解いて、僕を振り向いた。いつもの笑顔に戻っていた。

「わかった。ありがとうね。もう行ってええよ」

黙って会釈《えしやく》して立ち去ろうとしたら、「ああ、そうだ」と先生は言った。「いまの話、おかあさんやまゆみちゃんには内緒にしといてね。先生のお願いやけん、聞いてくれるよね、大野くん」

言うつもりなんて最初からなかった。できれば、もう、思いだしたくもないことだった。


まゆみは歌いつづけた。早川先生はそのたびに「大野さん」とたしなめ、まゆみは素直に謝って、でもすぐに鼻歌のメロディーが教室に流れてしまう。

反抗していたわけではない。先生を馬鹿《ばか》にしていたのとも違う。

「うち、いつも先生に注意されるんよぉ……」

悲しそうに言っていた。「女子で注意されるん、うちだけなんよ」とも。

授業中に歌ってはいけない。理屈ではわかっていても、ちょっと気を抜くと、つい歌ってしまう。ご機嫌だったり調子がよかったりするときにかぎってそうなるのだから、始末が悪い。

六月の初めの授業参観のときも、まゆみは歌った。教室の後ろに並んだ親たちは、一瞬、なにが起こったのか信じられない顔になり、先生の顔色が、さあっと変わった。

「おかあちゃんもびっくりしたんよ」

その日の夕食のとき、母は言った。笑いながら、だった。

「今度からは歌わんように気をつけんといけんね」

まゆみに言う声は、なんだかまるで二人で仕掛けたいたずらを見つかって、ぺろりと舌を出す子どもみたいだった。

母はまゆみを叱らない。

「楽しいから歌うんやったらええよ。悲しいときに歌うんやったらいけんけどね」

そういう問題じゃない、と小学六年生の子どもにもわかることなのに。

授業参観の日を境に、ときどき同級生の親から家に電話がかかってくるようになった。まゆみの鼻歌が気になって、ウチの子が勉強ができずに困っている。みんなが迷惑している。親はいったいなにをしつけていたんだ、とはっきり言い放つひともいたらしい。

その頃には、さすがに父は、このままではいけないと考えはじめていた。夕食のときにまゆみが『サラダの歌』や『おさかなの歌』を歌うと、怖い顔で「うるさいけん、歌うたらいけん」とにらむようになった。風呂《ふろ》の中で歌謡曲を歌うまゆみの声が居間に聞こえてくると、不機嫌そうに舌打ちすることもあった。

それでも、母は叱らない。「ちょっとずつ気をつけていこうね」と言うのがせいぜいで、夕食の献立がカレーライスの日には、「ほら、まゆみ、『カレーの歌』は？」とうながすことさえあったのだ。

なぜ——？　ほんとうに、わからない。

母はのんきではあったが、だらしない性格ではなかった。子どものしつけをはなから放棄するようないいかげんなひとでもない。放っておけばそのうち歌わなくなる、と思っていたのだろうか。授業中に歌を口ずさむぐらいたいしたことではない、と思っていたのだろうか。僕の母は、そんなにも愚かなひとだったのか——？


六月の終わりのある日、早川先生は、『朝の会』が始まる前に、まゆみを先生の席に呼んだ。

「今日から、授業中はこれをつけなさい」

手渡されたのは、給食当番が使うガーゼのマスクだった。

まゆみは先生に逆らわなかった。本人もこのままではいけないと思っていたのだろう、素直にマスクをつけて口を覆《おお》った。

教室にいたみんながそれを見て笑うと、先生は教壇《きょうだん》に立って、険しい顔で教室を見渡した。

「大野さんを笑《わろ》うたらいけんよ。大野さんは今日から歌をうたわんように、一所懸命がんばるんやけん、みんなも応援してあげんといけんのよ。同じクラスの仲間なんやからね」

クラスのリーダー格の女子が、さっそく「まゆみちゃん、がんばってね」と言った。他の子も口々に「すぐに治るけん」「だいじょうぶじゃけん」「うちらも応援するよ」とまゆみを励ました。

マスクをつけさせられたことよりも、みんなに励まされたことのほうがつらかった――ずっとあとになって、まゆみは言った。

まゆみは授業中ずっとマスクをつけたままで過ごした。休み時間と給食のときははずすのを許されたが、いつもの鼻歌は出てこなかった。先生は昼休みにまゆみを呼んで「ほらね、だんだん良うなってきとるんよ」と喜び、まゆみもほっとした、という。

午後の授業も、マスクをつけて受けた。途中で鼻の下がむずむずしてきたが、マスクをはずすと先生に叱《しか》られると思って我慢した。むずがゆさはしだいに口のまわりや顎《あご》のほうにも広がってきた。『終わりの会』のあと、やっと先生から「ようがんばったね」と言われてマスクをはずしたら、まわりの友だちが、うわっ、と驚いた顔であとずさった。

まゆみの顔の下半分――マスクで覆われていた部分が、真っ赤に腫《は》れあがっていた。

## 5

「おにいちゃん」

その声で、目が覚めた。眠ったつもりはなかったが、人工呼吸器の規則的な音に引き込まれるように、うたた寝をしていたのだろう。

「おにいちゃん……起きとる？」

部屋は暗い。人工呼吸器のパイロットランプの青い光が、かすかに母の布団《ふとん》を照らし出している。

「どうした？」と僕は聞き返した。

「起こしちゃった？」

「いや……だいじょうぶだけど」

まゆみの声が、どこから聞こえてくるのかわからなかった。母のベッドを隔てているような気もするし、背後の壁のほうからのようにも思うし、すぐ隣に座っているような気もしないではない。

「亮ちゃんのこと、嫌じゃなかったら、うちにも教えてくれん？」

「……たいしたことじゃないよ」

「最近のことなん？　中学に入ってから、そうなったん？」

まゆみはどこにいるのだろう。闇《やみ》に目が慣れてからもわからない。まだ耳は眠っているのだろうか。まゆみの声は天井から降りそそいでいるようにも、足元の床から這《は》い上ってくるようにも聞こえるのだ。

「二学期になってから、なんだ」

「原因って知っとるん？　いじめ？」

「それも多少はあったみたいなんだけどな……」

クラスの友だちとしっくりいってないみたいだ、というのは九月頃に奈津子から聞かされていた。だが、それだけではない。というより、嫌われるのを承知で同級生と距離をおいたのは、亮介自身のほうだった。

「頭がくらくらする、って言うんだ」

「亮ちゃんが？」

「そう。最初のうちは教室で座ってるとそうなって、いまは家にいても、学校のことを考えるだけでだめなんだ、って」

「なんで？」

「……疲れたんだと思う」

入学したのは中高一貫、希望すれば大学までエスカレータ式に進める学校だった。受験の世界では「超難関」と呼ばれるレベルの学校で、亮介も小学四年生の夏から受験勉強を始めて合格したのだった。

「すごいなあ」

まゆみは言った。感心しているのかあきれているのかよくわからない声の響きだった。

「最後の最後までボーダーラインだったんだ。模試の成績が出るたびに喜んだり落ち込んだりして、本人も大変だったと思うけど、親もキツかったな」

「でも、本番で受かれば、受かった者勝ちやん」

「まあな……」

受験の直前――冬休みの模試は、成績があまりよくなかった。合格の可能性は四〇パーセント。受験日がかち合う、もうちょっとレベルの低い中学を第一志望に変更しようか、とも話していた。

だからこそ、合格したときには嬉《うれ》しかった。亮介もほんとうに大喜びしていた。

いや、合格発表や入学式のときより、学校指定のテーラーで制服を仕立てたときのほうが喜びは深かった。店員さんに採寸してもらう亮介を眺めながら、もうここまで大きくなったんだなあという感慨と、ウチの息子はがんばって夢をかなえたんだという誇らしさに包まれて、僕の目には涙さえ浮かんでいたのだった。

「いい学校に受かったっていうことじゃないんだ」僕は、僕自身に言い聞かせる。「あいつが一所懸命がんばって自分の夢をかなえたことが嬉しかったんだ」

まゆみの返事はなかったが、かまわず、僕はつづける。「張り切ってたんだぜ」

――わざと、軽い、くだけた言葉づかいを選んだ。

「あいつ、ほんと、張り切って学校に通ってたんだ」

覚悟していたとおり、勉強の進み方は驚くほど速く、同級生は皆、驚くほど勉強がよくできた。おそらくびりっけつのほうで合格したはずの亮介は、みんなについていくのが精一杯だった。

一学期の中間試験も期末試験も、成績はよくなかった。それでも亮介はくさらず、夏休みにもこつこつ勉強をつづけた。その甲斐《かい》あって、夏休み明けの英語の小テストではクラスで五番目の成績をとった。

やれば、できる。努力すれば必ずむくわれる。言い古された言葉の持つ重みを僕はひさしぶりに実感したたし、亮介も手ごたえを感じたはずだった。

なのに、小テストの成績を持ち帰った翌朝、亮介は頭痛がすると言いだした。頭の後ろがずきずきして、ベッドから立ち上がるとめまいがする、という。

その日は頭痛薬を服《の》んで登校して、放課後までふつうどおりに過ごした。家に帰ってからも、べつだん体の調子の悪そうな様子はなかった。だが、翌朝になると、また「頭が痛い」と言いだした。前日と同じ頭痛薬を服んで学校に行き、前日と同じように学校でも家でもふつうどおりに過ごして……次の日の朝は、また、頭痛を訴える……。

さすがに心配になって病院に連れていった。近所の病院で異状なしと言われても、念のために大学病院にも連れていき、ＭＲＩの検査を受け、脳波も調べてもらった。

「けっきょく、悪いところはなにも見つからなかったんだけど、やっぱり頭痛は治らないんだ」

「朝だけなん？」

「うん……学校に着くと頭がすうっと楽になるって言ってたんだけど……」

九月の終わり。授業中に、亮介は突然嘔吐《おうと》した。トイレに駆け込む間もなく、教室の床に吐いてしまった。

「そんなのが何日もつづいたんだ」

「何日も？」

「そう……毎日毎日、教室でゲロを吐いちゃうんだ。ひでえよなあ、まわりの子も、いい迷惑だったと思うぜ」

　無理に笑いながら言ったが、頬はうまくゆるまず、声も沈んだままで、まゆみの返事もなかった。

「最初はストレスだと思ってた。学校の勉強についていくのに息切れしちゃったんだと思ってたんだ」

「おにいちゃん、怒らんかったん？」

「なにが？」

「ストレスなんかに負けるのは情けないとか、それでも男の子かとか、そういうこと言うて怒ったん違うん？」

　僕は黙って、まゆみに見えるかどうかはわからなかったが、苦笑交じりにかぶりを振った。本音の本音は、まゆみの言ったとおりだ。だが、僕だってそこまで愚かな父親ではない。亮介を追い詰めるようなことはしなかった、つもりだ。

　しばらく学校を休ませた。大学病院の先生に相談して、カウンセリングも受けさせた。原因は、それでも、わからなかった。

十月に入って、もうだいじょうぶだと本人が言うので、学校に行かせてみた。

「どうやった？　行けたん？」

話していいのかどうかわからない。

闇の中で、淡い青い光に照らされる母の体をじっと見つめた。五感の中で最後の最後まで――意識を失ってからも残っているのは、聴覚だという。だから臨終のときに耳元で声をかけるのはいいことなんだ、とも聞いたことがある。

僕たちの声は、母の耳にも届いているのだろうか。子どもの頃からなにをやらせてもうまくいっていた自慢の息子が、父親になって、自分でもどうしていいかわからない壁の前に立ちつくしている、その打ち明け話は、母にも聞こえているのだろうか。

ガンに内臓のほとんどを冒され、化学療法の副作用で激しい吐き気に苦しみつづけて、ようやく苦しみから解放されようとしている母に、僕はつらい話を聞かせているのだろうか。ものごころついてから、たぶん初めてだ。僕は母に弱音を吐いている。

母の寝顔は、見えない。思い浮かべる母の顔は、のんきに笑ってはいない。僕に叱られてばかりだった年老いてからの顔でもない。

まなじりをキッと上げてなにかをにらみつける強い顔――僕はそれを、ずっと昔に見たことがある。まゆみがそばにいた。歌えなくなり、歩けなくなったまゆみは、母に包み込まれるように肩を抱かれていた。母は『まゆみのマーチ』を歌っている。僕には聞こえない歌を、母はまゆみのために歌いつづけている。

「ねえ、おにいちゃん……亮ちゃん、どうなったん?」

まゆみは、ほんとうにどこにいるのだろう。体はぼんやりと、母のベッドの向こう側に見えている。でも、声はそこから聞こえてくるのではなく、もっと遠くから、いや、うんと近くから、ささやくように、こだまのように、僕の耳に流れ込む。

もしかしたら、僕と話しているのは、母なのかもしれない。母が、まゆみの声をつかって僕と話をしているのかもしれない。つまらない、子どもじみた想像でも、ほんの少しだけ、気が楽になる。

僕は母に言った。

「亮介……いつもどおり、七時過ぎに家を出たんだ。駅まで歩いて、電車に乗って、地下鉄に乗り換えて、八時半には学校に着いてるはずだったんだ」

家に電話がかかってきたのは、十時前だった。千葉県の、地下鉄と相互乗り入れしている私鉄の駅からだった。電話に出た奈津子に、駅員は「息子さんを保護しています」と言った。

　亮介は地下鉄に乗ったものの、学校のある駅では降りなかった。終点の駅で車掌が巡回してくるまでシートに座ったままだった。途方に暮れた顔をしていた、という。折り返し運転だから降りなさい、と車掌が声をかけると、泣きだしそうな声で、こう言った——「僕、どこで降りればいいんですか？」

「……どういうこと？」

「記憶喪失ってほど大げさなものじゃないんだけど」僕はなぜ、先に言い訳じみたことを口にするのだろう。「ぽっかり抜けちゃったみたいなんだよな、頭から」

　もっとも、僕も奈津子も最初からそうわかっていたわけではなかった。やはり学校に行きたくなかったんだ、地下鉄を降りるふんぎりがつかなかったのを、叱られると思って、そんな嘘《うそ》でごまかしたんだ……。

「信じてあげなかったんやね」

「信じたくなかったんだ」

「ようわかるよ、それ」

「俺のこと？　亮介のこと？」

「どっちも」

「……また、しばらく学校を休ませたんだ。とにかくあいつが本気で学校に行きたがるまでは休ませてやろう、と思って」

「本気でって、ずっと本気だったん違う？」

「それはそうなんだけどな……」

僕自身の中学時代と重ねたのだった。僕だって学校に行きたくない日はあった。毎日毎日、さあ今日もがんばるぞ、と思って登校していたわけではなかった。布団から出るのが億劫《おっくう》で、トイレで用を足しながら何度もため息をつく朝だってあった。

「でも、おにいちゃん、皆勤賞やったやん」

「無理してたんだ」

「ほんま？」

「べつに皆勤賞が欲しかったわけじゃないんだけど、学校には毎日行くものだって決めつけてたんだよな、自分で」

まゆみは短く笑った。「おにいちゃん、おとうちゃんみたいなこと思うとったんやね」と言って、また笑う。ふつうにしゃべる声はそうでもないが、笑い声は、若い頃の母とよく似ている。

「それで、亮ちゃんには無理をさせたくない、って？」

「子どもが嫌がるのを無理やり学校に行かせるような親って、だめだろ？」

間違ってはいない、はずだった。そして、それが間違いではないことを誰よりも知っているのは、まゆみのはずだった。

だが、まゆみはなにも応《こた》えず、話のつづきを待った。

「四、五日したら、亮介が自分から、がんばって学校に行ってみるって言いだしたんだ」

「よかったやん」

「今度は……ウチの近所の駅から電話があったんだ、改札の前で、一時間以上ぼーっと立ってた、って」

上りと下り、どっちの電車に乗ればいいか、わからなかった。

それでも、僕はまだ信じなかった。信じたくなかった。信じるのが怖かったのだろう、と自分でも思う。

翌朝、今度は奈津子がそっとあとをつけることにした。亮介は「行ってきます」と言って、家を出る。ふだんどおりの声、ふだんどおりのしぐさ、ふだんどおりの後ろ姿……エレベータに乗り込んだのを確かめ、そのエレベータが一階に着いたのを確認すると、少しほっとして、タイミングを見計らって一階へ下りていった。

亮介は、まだ、いた。マンションの玄関を出てすぐのところで、ぽつんとたたずんでいた。

「マンションを出て、道を右に行くのか左に行くのか、わからなくなっちゃった、って」

僕はそう言って、ため息をついた。空気がかすかに揺れ、もっとかすかに震えていたのが、まゆみと母にも伝わってしまっただろうか。

「奈津子が言ってたんだ。玄関の外に立ってる亮介の背中……まるで老人みたいに見えた、って……」

バーンアウト――。

医師は言った。「燃え尽き症候群」という日本語の名前も教えてくれた。

「受験で燃え尽きちゃったんだよ、あいつ。一学期のうちは新しい環境に慣れるのに必死で、勉強のほうもみんなに遅れまいとしてがんばってたから、気が張っててよかったんだ。でも、九月の英語のテストでそこそこの成績をとって、もうだいじょうぶだって安心したら、急に、記憶だけじゃなくて、いろんなことがぽかーんと抜けちゃって……抜け殻になっちゃったんだよ、亮介は」

会社では誰にも話していない。プライベートで付き合う友人たちにも秘密にしてある。胸の奥にずっと隠してきて、ときにはその重みに耐えかねて真夜中に叫びだしそうにもなっていたのに、言葉は思っていたよりずっとなめらかに出た。自分でも意外なほど冷静でいられた。

「それで、いまは家から出られんようになったん?」――むしろ、まゆみの声のほうがショックを隠しきれない様子だった。

「物忘れは一時的なものだっていうんだ。記憶がなくなったわけじゃなくて、そこにアクセスするラインが断線しちゃったようなものだから……って医者は言ってた」

「亮ちゃんもわかっとるん? 自分が、ちょっとおかしいふうになっとる、って」

「わかってるよ、それは。だからおびえてるんだ。外の世界に出て、自分の行き先も、自分がいまどこにいるかもわからなくなっちゃって、なんていうか、真っ暗闇《くらやみ》の中に放り込まれるようなものだろ? そうなるのが怖くて、苦しくて、もう、いまは家から一歩も出られない。家の中にいるときも、奈津子がずっとそばにいて、見える場所にいてやらないとだめなんだ」

まゆみは、「そう……」と相槌《あいづち》を打って、それきり黙り込んだ。

僕も、もうなにも言わない。

あいつを追い詰めたつもりはないんだ、中学なんてどこでもよかったんだ、合格したときには大喜びしたけれど、たとえ落ちていてもちゃんと慰めて、励ましてやったはずだ、学校に入ってからだって、他人に負けるなとは一言も言ったおぼえはない、マイペースでいいんだ、おまえはおまえらしくやればいいんだ、と口癖のように言ってきたんだ……。

頭の中で、言い訳の言葉がぐるぐると巡る。どれも正しいはずなのに、すべてが間違っているように思えてくる。嘘をついているわけではないのに、すべてが、ひどく嘘くさかった。

母を見つめた。母は昏々《こんこん》と眠りつづける。なにも言ってくれない。最後まで、『まゆみのマーチ』を僕には聞かせてくれなかった。

「おかあちゃん？」

まゆみの声が、シャボン玉の膜をぷちんと割るように、響いた。

「おかあちゃん？　おかあちゃん？　……おかあちゃん！」

まゆみは椅子《いす》から立ち上がり、布団《ふとん》をめくって母の手をつかんだ。

「おかあちゃん！　おかあちゃん！」

金切り声になった。

僕は我に返って、壁のスイッチを点《つ》けた。部屋の照明が灯《とも》る。まぶしさに一瞬目がくらみ、たじろぎながらベッドを見ると、まゆみは布団を剝《は》ぎ取って、母の肩を揺り動かしていた。

「おにいちゃん！　看護師さん呼んで！」

ナースコールのボタンを押した。母の目の下にできていた黒い隈《くま》が、すうっと薄くなっていくのが、わかった。

6

電話はすぐにつながった。

「おふくろ、五時ちょっと過ぎだった」

奈津子はそれだけで察して、「お疲れさまでした」と、僕に対してなのか、母に手《た》向《む》けたのか、ていねいな言葉づかいで言った。

「最期《さいご》は眠ったまま、だった」

「そう……」

「俺とまゆみがそばにいてやれたから、よかったよ」

「意識はけっきょく戻らなかったの？」

「だめだったけど……まあ、しょうがないよな」

「もう家に帰ってるの?」

「さっき、おふくろは連れて帰ったんだけど、病院の支払いとか戸棚の中のものを片づけたりとかあるから、いま病院に来てるんだ」

海を見渡せる中庭のベンチに、僕はいる。明け方に冷え込んだぶん、空はきれいに晴れあがり、空の青と、それより少し濃い海の青が、くっきりと見分けられる。こんな天気の日に逝《い》くのなら、悪くないな、と思う。

「もっと早く電話してくれればよかったのに」

奈津子は不服そうに言った。だが、僕が「どっちにしても、無理だろ?」と訊《き》くと、くぐもった声で「それはそうだけど……」と返す。

「ゆうべ、まゆみに亮介のこと話したよ。べつに相談とか愚痴とかじゃないんだけど、葬式に顔を出さないのってやっぱり変だからな、親戚《しんせき》は適当にごまかすけど、あいつには教えとこうと思って」

「ほんとにいいの?」

「いいことはないけど、しょうがないだろ」

「でも、おばあちゃんが死んじゃったって教えてやれば、亮介だって、やっぱり……」

「やめとけよ。かえってかわいそうだ」

自分の言葉に、心の中で、そうだよな、と念を押した。

「外に出られるようになって、学校にも通えるようになってから、墓参りしてくれればいいんだから」

「お通夜《つや》って、今夜のうちにしちゃうの？」

「いや、今夜は仮通夜で、明日が本通夜。あさっての午前中に葬式と告別式だけど……ほんとにいいんだ、無理しなくて。こっちは俺がちゃんとやるからだいじょうぶだよ」

とにかく亮介におばあちゃんのこと話してみるから、と奈津子は最後に言った。ああ、よろしく頼む——ほとんど期待を込めていない声になったのが、自分でもわかった。

電話を切って、あらためて空と海を眺めた。午前十時を回ったところだ。中庭の遊歩道には、看護婦に付き添われて外の空気を吸っている車椅子の老人や、歩行のリハビリをする患者たちが何人かいた。

携帯電話はまずかったかもしれない。そそくさと電話をコートのポケットに入れて、立ち上がった。そろそろ紳士服の安売り店が開いているはずだ。喪服を取りに東京にとんぼ返りする時間と交通費を考えると、この街で安い喪服を買っておいたほうがいい。

　門のほうに向かって歩きだしたとき、遊歩道を歩く子どもの姿が目に入った。右足をギプスで固定されて松葉杖《づえ》をついた女の子が、母親に肩を支えられるようにして、一歩ずつ、ゆっくりと、ぎごちなく、進んでいる。小学校の三、四年生ぐらいだろうか。本人が音《ね》をあげて、もう帰りたいと言うのを、母親はかがみ込んで目の高さを揃《そろ》えて、笑いながら励ましていた。

　僕はまたベンチに腰を下ろした。まいったな、と空を仰いで苦笑する。母はやはり、息を引き取る前に僕の話を聞いていたのかもしれない。僕になにかを伝えようとしているのかも、しれない。

　ひとの体というのは不思議なものだと、小学六年生の僕は思い知らされた。マスクをつけて赤く腫《は》れたまゆみの口のまわりは、家に帰って夕食を食べている頃からしだいに腫れがひいてきて、朝になると元に戻っていた。

「マスクでかぶれたん違うか」と父は言った。不機嫌な顔と声——早川先生がマスクをつけさせたことに、前夜からずっと腹を立てていた。

でも、母は「ガーゼでかぶれるやら、聞いたことないわ」と軽く笑う。「家に帰ってからぎょうさん歌《うと》うたけん、治ったんよ」

なあ、まゆみ、と頭を撫《な》でる。まゆみはうつむいて、くすぐったそうに笑っていた。

母はそのまま、「ほな、元気で行っておいで」とまゆみを送り出した。まゆみの体調を心配することも、これからのまゆみを案じることもなく、台所で朝食の食器を洗った。

僕は母の背中をじっと見つめた。たぶんにらむようなまなざしだったと思うのだが、もしかしたら途方に暮れた顔になっていたのかもしれない。

母は鼻歌を歌っていた。食器にふだんよりたくさん洗剤をつけて、流し台を泡だらけにして、洗っていた。

「幸ちゃん、早うせんと学校に遅れるよ」

母は僕に背中を向けたまま言った。のんびりした声だった。居間でネクタイを締めていた父が「あそこまでする権利、学校の先生にあるんかのう」と言っても、「そうじゃねえ……」と、わかったようなわからないような受け答えしかしなかった。

父が家を出て、少し遅れて僕も玄関に向かった。母はまだ流し台で食器を洗っていた。ふと台所を覗《のぞ》くと、朝食に使った皿はとうに水切りカゴに収まっていたが、母は食器棚にあった皿や茶碗《ちゃわん》や丼《どんぶり》も端から洗っていたのだった。洗剤をつけすぎている。泡からちぎれたシャボン玉が、後ろから見ると、まるで母のおなかのあたりから次々に噴き出ているみたいだった。

早川先生は、その日も、まゆみにマスクをつけさせた。まゆみは素直に従って、授業中は歌をうたわずに過ごして、先生に褒められて……また午後から口のまわりがむずがゆくなって、放課後マスクをはずすと、赤く腫れていた。

翌朝になると、やはり、腫れはきれいにひいている。

父はもう、かぶれだとは言わなかった。

「まゆみ、今日はマスクつけんでもええど。『お父さんがそげなことせんでもええ言うとりました』いうて、先生に言うちゃれ」

僕も——子を持った立場になって思う、もしも亮介が学校でそんなことを強いられたら、絶対に怒る。

だが、母は逆に、父を咎《とが》めるように言った。

「そういうこと、まゆみに言わせんといて。先生に文句があるんやったら、あんたが自分で学校に怒鳴り込めばええやん違うん?」

なあ、まゆみ、とまた頭を撫でる。まゆみは少しほっとした顔になった。

父は舌打ちするだけで、それきり話は終わった。「よっしゃ、わしが先生に文句つけちゃる」とは言わなかった。僕も――いまなら、そんな父の弱さやずるさがわかる。自分だって同じようにしかできないだろうな、とも認める。

母は食器を洗う。食器棚の奥から、お客さん用の揃いの皿を出してきて、洗剤をたっぷりつけたスポンジで洗う。出がけに、台所からなにかが割れる音が聞こえた。あわてて台所に駆け込むと、母は足元の床から、急須《きゅうす》の蓋《ふた》を拾い上げているところだった。欠けた蓋を泡だらけの手で持って、僕を振り向き、「失敗してしもうた」と、のんきに笑った。

学校では、その日も同じことが繰り返された。ぴたりと歌わなくなったまゆみを見て、先生は自分のアイデアによほど満足したのだろう、『終わりの会』のときにみんなに言った。

「授業中に騒がしい子は、これからどんどんマスクつけさせるけんね」

ガーゼの糸くずが、虫のようにもぞもぞと蠢《うごめ》きながら、鼻の穴や口から体の中に入り込んできた気がした――あとで、まゆみはそんなふうに言っていた。

その日は、家に帰ってからも口のまわりの腫れはひかなかった。小さな発疹《ほっしん》も出ていた。まゆみは「かゆい、かゆい」と言って、濡《ぬ》らしたタオルで顔の下半分を叩《たた》いた。

タオルはすぐに冷たさを失い、乾いてしまう。いまにして思えば、熱を出していたのかもしれない。

その夜の夕食は、カレーライスだった。

母は「まゆみ、歌わんでええの？」と笑いながら言った。

まゆみはタオルを顔の下半分にあてたまま、あえぐように浅い息を小刻みについだけだった。発疹は顔の上のほうにも広がっていた。腫れもひどかった。顔ぜんたいが火照《ほて》って、目に見えない湯気がたちのぼっているみたいだった。

「おい」父が険しい顔で言った。「病院に連れていったほうがええん違うか」

僕もそう思った。怖くて、悔しくて、悲しくて、泣きそうになっていた。

椅子に座ったまゆみの体がぐらぐら揺れる。

「歌うて」

母が言った。まゆみの顔を覗き込むように食卓に身を乗り出して、「歌うてよ、な あ、まゆみ、歌うてごらん」とうながした。

まゆみはタオルをはずして、口をひくつかせた。

じゃーがいもさん、にーんじんさん、たーまねぎさん、おーにくさん、ぱっくん、ぱっくん、ぱっくん、ぱっくん……。

口は動いても、声は出てこない。あれ？　あれ？　というふうに、まゆみは何度も首をかしげる。おかしいなあ、と照れたように笑う。

じゃーがいもさん、にーんじんさん……。

歌えない。口の動きもしだいにぎごちなくなって、息づかいが荒くなった。

手つかずのカレーの皿を見つめるまゆみの目から、涙がぽろぽろとこぼれ落ちた。

「歌うてごらん、なあ、深呼吸して、大きな声で……ほら、まゆみ、歌うてみて……」

母も涙声になっていた。

父は無言で立ち上がり、車のキーを持って玄関に向かった。三和土《たたき》を蹴《け》りつけるように靴を履きながら、「幸司、保険証持ってこい！」と怒鳴った。

怖い目に遭《あ》ったり自信をなくしてしまうと、子どもは萎縮《いしゅく》する。それは決して、言葉だけのものではない。

まゆみの体は、ひとまわり縮んでしまった。歌えなくなって、息を大きく吸い込めなくなって、ランドセルの重みに押しつぶされるみたいに、顔を上げられなくなった。

一週間かけて病院をいくつかまわったが、発疹の原因ははっきりしなかった。発疹じたい一晩たつとだいぶ薄くなり、三日もすると元通りに治ってしまった。アレルギーの一種でしょう、と最後に検査をした大学病院の医師は言って、とりあえずマスクをはずして様子を見るよう指示した。

早川先生もさすがに、それ以上マスクをつけていろとは言わなかった。だが、両親とまゆみに謝ってはくれなかった。まゆみはもう歌えなくなったのに、それを信じてくれなかった。

また授業中に歌うんじゃないか、またクラスのみんなに迷惑をかけるんじゃないか、「他人に迷惑をかけない」というのは学校のルールではいちばん大切なことで、そのルールを守れない子どもはいちばん悪い子ども——だから、先生は学校を訪ねた両親に言った。

「あとちょっとなんです。いままでの悪い癖が、あとちょっとでなくなるところなんです」

父は「悪い癖」のところでカッとしたが、先生の言うことが正しいんだというのも認めていた。「向こうは大学も出とるけん、どげん言うても、理屈で言い訳を並べられて終わりじゃ」と、理屈のない言い訳を、家に帰ってから並べ立てた。

母は違った。先生に、その場で、きょとんとした顔で訊いた。

「ひとに迷惑をかけるんは、そげん悪いことですか？」

先生がそれにどう応《こた》えたのかは知らない。母は教えてくれなかったし、父は家に帰ったあとも「アホが、親が非常識なこと言うたら、まゆみが恥をかくだけじゃろうが」と母をなじるだけだった。

母はやはり愚かなひとだったのだろう。だが、いま、その愚かしさを、なんとなくくすぐったく思いだす。

ひとに迷惑をかけるんは、そげん悪いことですか？

もう二度と聞くことのできない母の声を、僕は、自分が生きている間ずっと覚えていられるだろうか。

ひさしぶりに登校したまゆみに、早川先生は「マスクはつけんでもええけんね」と笑って声をかけ、「でも」とつづけた。「気のつかんうちに歌がぽろっと出てくるんが、いちばんいけんのよ」

そして、「お口にボタンがついとったらええんやけどね」――まゆみの上下の唇を指で、洗濯ばさみで服を挟むように、軽く押さえた。

体罰ではない。先生はあとで――まゆみが学校へ通えなくなってから、絶対にそんなつもりはなかった、と校長先生に訴えた。ほんとうに軽く、笑いながら、半分冗談のつもりでちょっと挟んだだけなんです。

一時間目の国語の授業、先生は本読みにまゆみを指名した。まゆみは口を閉じたままだった。「はーい」と返事をすることができなかった。先生の指で挟まれた唇は、糊付《のりづ》けされたみたいに、上下が合わさったまま動かなくなってしまったのだ。

「なにしとるん？　早《はよ》う読んで」と先生は言った。まゆみが反抗していると誤解した。教師の言いつけを聞かないことも、学校のルールでは許されない。受け持ちの子どもに言いつけを聞かせられない教師も、教師のルールでは許されない存在なのだろう。

「なに黙っとるん、早う読みんさい！」と先生は声を張り上げて、まゆみをにらみつけた。

まゆみは口を閉じたまま、泣きだした。泣き声もあげられず、ふーん、ふーん、ふーん、と喉《のど》や鼻の奥でくぐもった音を出しながら涙を流しつづけた。

松葉杖の女の子が、僕の座るベンチの前を通り過ぎる。

いっち、に、いっち、に、いっち、に、いっち、に……。

付き添う母親の拍子をとる声が、僕の耳にも流れ込む。

がんばれ。声に出さずに、言った。

女の子は顔を真っ赤にして息を詰め、松葉杖のグリップを両手で強く握りしめて、一歩ずつ、遊歩道を進んでいく。


まゆみは次の日、家を出ることができなかった。前夜はふだんどおりに過ごし、おどけた冗談も口にしていたのに、朝になって玄関で靴を履いていたら体が急に激しく震えはじめ、上がり框《かまち》に座り込んで泣きだしてしまったのだ。泣き声は、ふーん、ふーん、ふーん。口を開けずに泣いて、驚いて玄関に出てきた母が「どうしたん?」と訊《き》くと、泣きながら抱きついて、昨日のできごとを初めて打ち明けたのだった。

居間でそれを聞いていた父は、興奮してダイヤルを何度も回しそこねながら学校に電話をかけ、まだ早川先生が来ていないと知ると、受話器を叩きつけるように電話を切った。

母はまゆみの肩を抱いて居間に戻ってきて、「今日は休ませてやろうなあ」と父に言った。「風邪気味いうことにして、ゆっくり寝させてあげようなあ」

のんびりした母の口調に、父はいっそういらだってしまい、「あの担任、クビにしちゃるけえの。校長に言うて、教育委員会にも言うて、二度と往来を歩けんようにしちゃる」と息巻いた。

でも、母は苦笑して「できもせんこと言わんでもええが」と父をなだめ、まゆみを子ども部屋に連れていった。

「まゆみ、今日はおかあちゃんとオセロたくさんしようなあ。お昼は、おかあちゃんと一緒にたこ焼きつくろうか。なあ、まゆみ……」

優しい声だった。優しすぎる声だ、とも僕は思った。風邪をひいて学校を休むのとは違うのに。どうしてまゆみがこうなってしまったのか、子どもの僕が聞いていてもわかる、簡単な話なのに。

父は鴨居《かもい》にかかった背広をハンガーからむしるように取って、どすどすと床を踏み鳴らして会社に出かけた。僕も、「行ってきます」を言わずに家を出た。母が「幸ちゃん、体操服持って行っとる？」とまゆみの部屋から訊いてきたが、返事をしなかった。

その日から、まゆみは学校を休みつづけた。三日目の放課後、父は会社を早引けして学校に行った。校長先生と早川先生と三人で長い話し合いをして、疲れきった不機嫌な顔で帰ってきた。

四日目からも、まゆみはあいかわらず学校へ通えなかった。

「まゆみはオセロが強うなったけん、おかあちゃんじゃと相手にならんわ」と嬉《うれ》しそうに笑っていた母が声をとがらせたのは、五日目の夜——父が「まゆみは、ふつうの学校じゃ面倒見てもらえん子ぉかもしれんのう……」とつぶやいたときだった。

「まゆみは、ええ子です。うちの、かわいい子です。あんたのかわいい娘で、幸ちゃんのかわいい妹です」

母はあらたまった言葉づかいで、きっぱりと言った。

一週間目の夕方、給食のパンを届けに家に寄った同級生が、六月に学校で書いた作文が返されたからと、まゆみのぶんの作文も持ってきてくれた。

『わたしのすきなもの』と題された、短い作文だった。まゆみは「作文」の意味がよくわかっていなかったのか、好きなものを順に挙げていっただけの文章で、だから早川先生は〈たいへんよくできました〉ではなく、〈よくできました〉のゴム印しか捺《お》してくれていない。

わたしのいちばんすきなものは、うたをうたうことです——と、まゆみは書いていた。

つぎにすきなのは、おかあさんです。

そのつぎにすきなのは、おとうさんと、おにいちゃんが、どうてんです。

そのつぎにすきなのは、がっこうです。

そのつぎにすきなのは、はやかわせんせいです。

原稿用紙を膝《ひざ》の上に広げて、しばらく目を上げなかった母は、作文に声をかけるように、テレビを観《み》ていたまゆみを呼んだ。

「あんた、いまでも学校好きなん?」

まゆみは黙ってうなずいた。

「歌も好きなん?」

もう一度黙ってうなずいた。

振り向いて確かめたわけではなかったのに、母は「そうやね、大好きやもんねえ」と相槌《あいづち》を打ち、ふーう、と息を吐き出した。

顔を上げる。目が真っ赤に潤《うる》んでいた。鼻の頭も赤かった。部屋の片隅の一点を見つめた母は、息を大きく吸い込んで、またゆっくりと吐き出した。

## 7

縁側に腰かけて、葬儀会社のひとたちがトラックから祭壇《さいだん》の部品を運び込むのをぼんやりと眺めていたら、まゆみが座敷から出てきて僕の隣に座った。

「なんか……時間持て余すね」

「おばさんが仕切ってるのか、向こうは」

「うん。うちが子どもの頃とは家の中もだいぶ変わっとるけん、なーんもわからんもん。もう、邪魔者扱い」

「おふくろは？」

「近所のひとが線香を見てくれとるけん、うちとおにいちゃん、いまのうちに近くでお昼食べてきんさい、って。台所は炊《た》き出しの支度《したく》で、なんもできんけん」

食欲はなかったが、家にいても手伝うことはほとんどないし、家に居残って伯父や伯母に「奈津子さんと亮介はいつ来るんな」と訊かれるのも面倒だった。

「じゃあ、ちょっと行ってくるか」

サンダルをつっかけて縁側から下りると、まゆみはなにか言いたそうな顔になった。

「どうした？」

「……おにいちゃん、おなか空《す》いとる？　もし、ごはん食べんでもええんやったら、ちょっと散歩せん？」

「散歩って、そんな時間ないだろ」

「ええやん、うち、小学校まで行ってみたいんよ。付き合《お》うてよ」

まゆみが僕に伝えたいことと、まゆみ自身が嚙《か》みしめたいことが、それでわかった。

玄関に回って靴を履いていたら、一緒に玄関まで来たまゆみは、三和土を指差した。

「最初の日は、ここまでが精一杯」

「そうだったよな……」

「で、次の日は、ここまで」玄関の外を指差す。「足を一歩踏み出すだけで、二、三分かかったん違うかなあ」

三日目は、門の手前まで、だった。

「ここから先は、どないしても足が動かんの。靴に重石《おもし》がついたみたいになって、ぴたーって、地面から足が上がらんかったんよ」

まゆみは「気をつけ」の姿勢で門の手前に立ち、「外に出られるようになるまで、三日ぐらいかかったと思う」と言った。

「おふくろは？　どんなことしてた？『がんばれ』って言ってたのか？」

「ううん。いっぺんも言わんかったよ、おかあちゃんは。ほんまに、『がんばれ』は言わんかったなあ……」

記憶をたどって確かめて、「言わんかった、うん、ほんま」と念を押した。

「だったら……たとえば、先に門の外に出て、おまえのほうを向いて、ほら、両手を広げて『ここまで出ておいで』とか……」

まゆみはかぶりを振った。母は決して、まゆみの先を歩いたりはしなかった、という。

「ずーっと、うちと並んで歩いてくれたんよ。うちが途中で歩けんようになったら、おかあちゃんも立ち止まって、うちがまた歩きだすまで、並んで待っててくれてた」

僕は——違った。

亮介に何度も「がんばれ」と言った。玄関の外で亮介を待ちかまえて「さあ、ここまで来い、がんばれ、お父さん待ってるんだから」とも言った。間違っていたとは思わなくとも、そうではないやり方もあったのかもしれないと、いま、思う。

まゆみは「気をつけ」の姿勢から、また歩きだした。門を抜けて外の通りに出るとき、一瞬、顔が緊張したように見えた。あの頃を真似《まね》てそうしたのか、あの頃を思いだしたせいで自然にそうなってしまったのかは、わからない。

「こんなんしとったら、きりがないね」と笑って足を速めるまゆみを追いかけながら、僕は小学一年生の頃のまゆみと、ランドセルを背負った肩を包み込むように抱いて歩く母の背中を思い浮かべた。

母は、まゆみと二人で、ふつうに歩けば子どもの足でも十五分ほどの小学校までの道のりを、何日も、何週間もかけて、歩いていった。父と僕が家を出ていったあと、松葉杖《づえ》の少女と母親が病院の遊歩道を歩いていたように、ゆっくりと、二人きりで、『まゆみのマーチ』を歌いながら。

まゆみが小学校を好きだと作文に書いていたから、小学校に通わせる。屁理屈《へりくつ》にすらならない考えで、晴れの日も雨の日も、まゆみに付き合って少しずつ、ほんとうに少しずつ、歩く距離を延ばしていった。夏休みは丸々つぶれた。九月になっても、まだ道のりは遠かった。

家を出て最初の信号にさしかかると、まゆみは「このへんまで来るのに、一カ月やったかなあ」と懐《なつ》かしそうに言った。「通行人のひとがじろじろ見るんよ、恥ずかしかったやろなあ、おかあちゃんも……」

「おふくろ、ずっと歌ってたのか、『まゆみのマーチ』」

「うん、信号待ちだろうがなんだろうが関係ないんよ、家を出たあとはずーっと、おんなじ歌ばっかり歌《うと》うてくれて……うちに合わせてゆーっくり歩くやろ？　で、うちの肩を抱いてくれるやろ？　それ、中腰なんよね。背中や腰が痛かった思うよ、おかあちゃん」

神戸で震災に遭ったお年寄りの介護をしていると、あらためてそれに気づいたのだという。だから——「うちも歌うてあげるんよ、おじいちゃんやおばあちゃんに、『山本さんのマーチ』やら『原田のおばあちゃんのマーチ』やら、ずーっと歌うてお風呂《ふろ》に入れてあげたり、ごはんを食べさせてあげたり」

「……どんな歌なんだよ、ほんとに」

「すっごい簡単な歌」

まだ、それだけしか教えてくれない。

「替え歌とか、すぐにつくれるのか?」

「うん、もう、簡単簡単。『亮介のマーチ』もすぐにできちゃうって」

まゆみは、電柱に道案内の紙を貼《は》っていた葬儀会社のひとに会釈《えしゃく》して、「なんか、まだおかあちゃんが死んだいうてピンと来んなあ」と苦笑交じりに首をかしげた。

「東京にはもう連絡したんやろ?」

「さっき奈津子から電話があって、亮介もお葬式に行きたがってるけど、やっぱりちょっと無理かもしれない、って。駅や電車の中がキツいんだ。パニックになっちゃうんだ」

ああそう、とうなずいたまゆみは、しばらく黙って歩きつづけた。

道のりの半ばあたり——昔は旧式の、いまは新しいものに変わった郵便ポストの前で、立ち止まる。

「……おにいちゃん」

「うん？」

「うちが『まゆみのマーチ』を教えてあげたら、おにいちゃんも亮ちゃんに歌うてあげてくれるん？」

「ああ……歌ってやりたい」

「ちょうどこのへんなんよ。このへんまで歩けるようになって、うちも『まゆみのマーチ』をおかあちゃんと一緒に歌えるようになったんよ。うちがちっちゃな声で歌うたら、おかあちゃん喜んだなあ、ほんま、嬉しそうな顔してくれて、特別サービスしてあげる言うて、帰りはうちをおんぶしてくれて……おかあちゃんの背中にほっぺたくっつけて、うち、歌うたんよ、『まゆみのマーチ』、ずーっと歌うた……」

まゆみは晴れた空を見上げ、足取りをスキップのようにはずませて、歌った。

まゆみが好き、好き、好き、まゆみが好き、好っき！　まゆみが好き、好き、好き、
まゆみが好き、好っき！　まゆみが好き、好き、好き、まゆみが好き、好っき！

「……おまえ、これって……俺、聴いたことあるぞ……」

絶句してしまった。『まゆみのマーチ』は、そもそも替え歌だった。僕がまだ小学校に上がる前——まゆみが生まれる前に放映されていたテレビアニメの歌だ。たしか題名は『悟空の大冒険』といった。手塚治虫《おさむ》のマンガを原作にした、孫悟空が主人公のコメディー。

「学校が好き、好き、好き、勉強が好き、好っき！」——番組の終わりに流れる曲の、最初のフレーズを、母は替え歌にして延々繰り返していたのだった。

まゆみは僕の顔を覗《のぞ》き込んで「がっかりした？」と笑う。

僕はなにも応《こた》えない。まゆみもなにも言わない。

長い沈黙のあと、僕はゆっくりと首を横に振った。


小学校に着いた。校舎はとうに建て替えられ、三十年前の面影はほとんど残っていなかったが、まゆみは正門のゲート越しにグラウンドと校舎を見渡して、「ここまで来ましたぁ」と笑った。

「何月だったっけ、おまえが学校に戻ったの」

「十月。運動会のちょっとあと」

「三カ月以上かかったんだよな」

「うん……でも、三カ月かかったおかげで、うち、一生ぶんの『好き』をお母ちゃんから貰《もろ》うたけん。シャワーみたいに、好き好き好き好き……毎日毎日、言うてくれたんやもん。うち、幸せ者やと思う。世界中で、こんなに自分の親から『好き』を言うてもろうた子、絶対におらんもん。うち、世界一幸せな女の子なんよ」

まゆみは元通り学校に通えるようになった。だが、つらかったあの日々が心の中のなにかを壊してしまったのか、ほんとうはもともと壊れてしまったところのある女の子だったのか、まゆみはそれから先も、学校や世の中となかなかうまくやっていけなかった。

友だちからいじめられたこともある。中学の担任の先生からは態度が反抗的だと叱《しか》られどおしで、悪い仲間と原付バイクを乗り回したり、駅前にたむろしたりしていた時期もある。高校を落第すれすれの成績で卒業して、大阪の専門学校に入って、親に黙って中退した。勤め先を転々とした。男とのトラブルでアパートへ帰れなくなり、友だちの家を泊まり歩いていた頃もあった。結婚歴は一度。二十代の初めに入籍だけして、僕たちに夫を紹介する間もなく、離婚した。不倫で揉《も》め、携帯電話をしょっちゆう解約した。不運に見舞われた失敗もあっただろうし、性格が弱かったせいで転げ落ちた坂道もあったはずだ。これから残り半分近くになった人生をどう生きていくのか、たぶん、まゆみ自身にもなにもわかっていないだろう。

まゆみはずっと、父の苦労の種だった。僕も、あきれたり、腹を立てたり、うんざりしたりの繰り返しだった。

たまに会うときのまゆみはいつも「元気、元気」と言って笑っていた。

母はまゆみが家に帰ってくると必ずカレーライスをつくって、「そんなん、この歳《とし》になったら、恥ずかしゅうてよう歌わんわぁ」と笑うまゆみに代わって、一人で『カレーの歌』を歌った。

じゃーがいもさん、にーんじんさん、たーまねぎさん、おーにくさん、ぱっくん、ぱっくん、ぱっくん、ぱっくん……。

何年前だったか、その歌を聴いて、それまで陽気におしゃべりをしていたまゆみが、不意に涙ぐんだ夜もあった。

「帰ろうぜ、そろそろ」

声をかけると、まゆみはグラウンドを見たまま、「いま来た道、おとうちゃんも歩いたんよ」と言った。「脳梗塞《のうこうそく》のあとのリハビリで、おかあちゃんが付き添うて、がんばるけん、まゆみも昔この道をがんばって歩いたんじゃけん、わしもがんばってリハビリするけん……言うてね、毎日、歩いたんよ」

知らなかった。

僕は、なにも。

「うち、おかあちゃんも好きやし、おとうちゃんのことも好き。うち、おかあちゃんに一生かかっても使いきれんほどの『好き』を言うてもろうたけん、それがあったけん、どげんつらいときでも元気出せたけん……おとうちゃんにもおかあちゃんにも、たくさん『好き』言うてあげたかったのに……もう、おらんやん……おとうちゃんも、おかあちゃんも、もう死んでしもうたやん……」

まゆみはゲートの格子《こうし》を両手でつかんで、泣きだした。うわああん、うわああん、と声をあげて、泣いた。

8

玄関のドアを開けると、奈津子は目を真ん丸にして「どうしたの?」と甲高い声をあげた。「なにかあったの?」

僕は「喪服、取りに来たんだ」と笑う。「昼過ぎの便に乗れば、お通夜《つや》にぎりぎり間に合うから」

「だって……向こうで喪服買うって……」

「買ったけど、いいんだ、ウチのを持っていくから。とりあえず朝飯にしてくれ、ゆうべからほとんどなにも食ってないんだ」

仮通夜をすませ、朝一番の飛行機でふるさとを発《た》って帰京したのだった。

一晩中、母のそばにいた。線香とろうそくの番をしながら、ときどき、顔にかけた白い布を取って母の顔を見つめた。半年間の闘病生活ですっかり面やつれしていた母だが、頬に綿を含み、死化粧をほどこされた顔は、昔のようなのんびりした笑みを浮かべているようだった。

祭壇《さいだん》を組み上げた座敷では、親戚《しんせき》が集まって夜遅くまで酒を飲んでいた。酔って大きくなった話し声は、奥の和室にいる僕にも聞こえた。僕とまゆみは、覚悟していた以上に親戚たちから顰蹙《ひんしゅく》を買っているようだ。

出来がよかったのに、東京に出ていったきり、ふるさとにちっとも顔を向けない長男。子どもの頃から面倒ばかりかけてきて、なにをしているかもわからないような長女。「兄貴もねえさんも、子どもを甘やかしすぎとったけんのう」——父のすぐ下の弟の声だった。叔父夫婦は、どうやら、住むひとがいなくなるこの家の今後のことを心配しているらしい。

僕は台所から一本だけ持ってきていた缶ビールを啜《すす》りながら、母に謝った。

「おかあちゃん、ごめんな」

寂しい思いをさせてきた。家や土地も、親戚の誰かが望むなら、譲り渡すつもりだった。跡取り息子としては失格だろう。

父が生きていたら、叱りとばされてしまうかもしれない。

だが、母なら――許してくれるだろう、と思う。許してください。線香を取り替えながら、心の中で、祈った。

日付が変わる頃、ようやく親戚がひきあげて座敷は静かになった。ずっと台所にいたまゆみが部屋に入ってきて、「うちと交代しよう」と言った。「ゆうべ徹夜じゃったけん、早《はよ》う寝んと」

「……俺、いいよ、ここにいる」

「どうしたん、おかあちゃんにべたべた甘えたいん？」

まゆみはからかうように言って、母の枕元《まくらもと》に膝《ひざ》をつき、顔の白い布をはずした。

「おかあちゃん、よかったなあ。もうおにいちゃんに叱られんでもええんで。おにいちゃん、優しゅうしてくれよるじゃろ?」

僕は苦笑して、さっきからぼんやりと考えていたことを、言葉にして口に出した。

「明日、ちょっと東京に帰ってくる。お通夜の時間には間に合うと思うけど、昼間、悪いけど、おまえにまかせていいか?」

まゆみは母の頬をそっと撫《な》でながら、「亮ちゃんのこと?」と訊《き》いた。

「うん……無理だと思うけど、できるだけのことはしてやりたいんだ」

「『亮介のマーチ』歌うてあげるん?」

「歌はうたわないけど、ちょっとさ、おふくろみたいにやってみようかと思って」

まゆみは黙ってうなずいた。

僕はビールを一口啜り、さっきからぼんやりと考えていた、もうひとつのことを言った。

「俺も歌ってほしかったなあ、おふくろに」

なに言うとるん、とまゆみは笑う。

「歌うとったよ、おかあちゃん。誰にも聞こえん声で、ずーっと、おにいちゃんにも歌うとってくれたよ。そんなん、あたりまえのことやん」

ほら、おかあちゃん、歌うてあげて、とまた頬を撫でる。

幸司が好き、好き、好き、幸司が好き、好っき！　幸司が好き、好き、好き、幸司が好き、好き、好っき！

「うち、思うんよ。どげんことがあっても、最後の最後は、おかあちゃん、うちのこと『好き』言うてくれたやんか思うと、つらいことないし、怖いもんないなあ。おかあちゃん、うちのこと好きやもん、なあ、おかあちゃん、うちやおにいちゃんのこと、大、大、だーい好きやもんなあ、おかあちゃんは……」

僕は亮介を、何度も褒めてやった。励ましてやったし、慰めてやったし、ハッパをかけてもやったし、かばったりもしてやった。

だが、「好き」と言ってやったかどうかは、わからない。

まゆみは白い布を母の顔に掛け直して、言った。

「おかあちゃん、もう天国に着いた？　まだ途中？　歩こうなあ、ゆっくりでええけん、歩いていこうなあ」

歌うような抑揚のついたまるい声は、そのまま、歌声に変わった。

おかあちゃんが好き、好き、好き、おかあちゃんが好き、好っき!

僕も、低い声で、ぼそぼそと歌った。まゆみが振り向いて笑う。「おにいちゃん、歌、上手やん」と小刻みに瞬《またた》いて、また母に向き直り、いとおしそうに髪を撫でた。

「亮介……お父さんと外に出よう。おばあちゃんにお別れしてやろう」

汗のにおいの澱《よど》んだ部屋に座り込んで、僕は言った。「途中まででいいんだ、行けるところまでお父さんと一緒に行こう」とつづけ、「おんぶしてやるよ」と笑った。

亮介はベッドに座り込んで膝を両手で抱えたまま、「行けないよ」と細い声で言う。

「……電車に乗りたくないし」

「電車なんか乗らなくていいんだ。飛行機にも乗らなくていい」

「……なんで?」

「おばあちゃんは、おまえがおとなになっても、ずーっと待っててくれるよ。だから、今日は行けるところまででいいんだ。明日も、あさっても、ちょっとずつでいいんだ。おばあちゃんのことが好きなんだったら、おばあちゃんのところに行こう。学校のほうが好きだったら、学校に行ってみよう」

「……おかあさんは？」

「いま、荷造りしてるけど、いいんだ、今日は田舎まで行けなくても。お父さん、おまえと一緒にいるから」

母は——許してくれる。

「外に出よう」

僕はベッドの横でおんぶの姿勢をとった。

「一歩ずつでいいから、お父さんと一緒に外に出よう」

目をつぶって、しゃがんだまま、待った。

沈黙がつづいた。さっきまでかすかに聞こえていた、奈津子が荷造りをする物音も、消えた。

外はいい天気だったのだ。東京には珍しく、青い空が、ふるさとに負けないくらい、ほんとうにきれいだったのだ。見せてやりたい。

やがて、静かに、背中に重みがかかった。

よかったねえ、幸ちゃん、よかったねえ、と母が言ってくれた。

僕は両足を踏ん張って立ち上がる。奈津子が玄関のドアを開けて、陽の光が射《さ》し込んだ。

「一緒に行こう、亮介」

僕は足を一歩、踏み出した。身をすくめる亮介のお尻《しり》を両手で支えた。

外はまぶしい。ちかちかする光の中で、母が笑っていた。

# ワニとハブとひょうたん池で

1

町にワニが棲《す》みついた。

あたしが新聞記事でそれを知ったのは、夏休みが始まってしばらくたった頃だった。記事によると、「大泉公園のひょうたん池にワニがいる」という噂《うわさ》は、夏休み前からひそかに流れていたらしい。中年のアマチュアカメラマンが草むらを歩く体長九十センチほどのワニを目撃したのが五月、もっとさかのぼって、四月と前の年の九月にも、造園関係の人がワニらしき生きものを見かけていたそうだ。

あたしの家は、公園と二車線道路を隔てて建つ四階建てマンションの最上階、ベランダに出ればひょうたん池をほとんど一望できる位置だ。町が寝静まった深夜には、サカリのついた捨て猫が公園のあちこちで鳴き交わす喉《のど》を絞めつけるような声が、びっくりするほどくっきりと聞こえてくることもある。

だから、ワニを見かけた人が悲鳴をあげればきっと気づいたはずなのに、妙なところで皆さん慎み深く、そのくせ新聞が報道するやいなや「僕も見ました」「私も見たんです」なんて次々に名乗り出るものだから、寝坊したあたしが朝刊を手にあわててベランダに出たときには、すでに池の周囲は報道陣や野次馬であふれ返り、こっそりエサを差し入れしてあげられるような状況じゃなくなっていた。

あたしは、ワニが好き。絵本やアニメに出てくる擬人化されたワニじゃなくて、もっとリアルな、水草のぬめりや泥のにおいをまとわりつかせた、ワニ。口がばっくりと裂けて、いつもおなかを地面にすりつけて、一日二十四時間をあたしたちの五分の一ぐらいのテンポで生きているような、ワニ。カメの甲羅にはなんの興味もなかったけど、ワニの背中には一度乗ってみたいな、と子供の頃からずっと夢見ていた。

ときどき、不機嫌で憂鬱《ゆううつ》で、「もう、どうだっていいやあ……」とつぶやいてしまうようなときには、ワニに食われて死んじゃうのも悪くない、と思う。ワニの歯はくさびみたいに尖《とが》っているけど、口のサイズが大きいぶん一気にことは運ぶはずだから、トラに食べられてしまうより痛くなさそうな気もする。少なくとも、何百尾ものピラニアに噛《か》みつかれるよりは、ずっといい。

ひょうたん池にワニが棲みついているのを知ったとき、あたしは「もう、どうだっていいやあ……」のまっただなかにいた。ワニに食われて死んじゃおう、かなり真剣に思っていた。

だから。

あたしがワニに差し入れしてあげるつもりだったエサは、十四歳のあたし自身の体だったのだ。


ある朝目覚めたら毒虫に変身していた……という外国の有名な小説があるらしい。あたしはまだ読んだことがないけど、自分が毒虫になっていることに気づいたときの主人公の気持ちは、なんとなくわかるつもりだ。

一学期の期末試験を数日後に控えた七月初め、あたしは一夜にしてハブになった。もちろん、ヘビになったわけじゃない。村八分のハチブを略して、ハブ。基本的には名詞だけど、動詞みたいにも使える。ハブらない、ハブります、ハブる、ハブるとき、ハブれば、ハブれ、ハブろう。あたしは、クラスの仲間からハブられた。要するに、つまはじきにされてしまったというわけだ。なんの前触れも、理由もなく。

「おはよっ!」

あの朝、あたしはいつものように元気いっぱいに教室に入っていった。でも、あちこちから返ってくるはずの朝の挨拶《あいさつ》がない。

あれ？　と一日の出端《でばな》をくじかれた感じだったけど、まだその時点ではさして気に留めずに自分の席についた。

「ゆうべさあ、まいっちゃったよ、留守録失敗しちゃって」

近くにいたナナコちゃんに声をかけたら、ナナコ、逃げた。逃げて、他のコたちのおしゃべりに合流した。このあたりで、胸がざらっと毛羽立ってきた。あたしはとっさに口実を見つくろって、隣の席のミドリちゃんに言った。

「あのさ、ちょっと数学の宿題、見せてくれない？　一問できなかったのがあるんだけど」

ミドリちゃんも、無言で席を立つ。

「……えーっ、なに？　それ」

とぼけたリアクションをしたつもりでも、声が微妙に震えるのが自分でもわかった。嘘《うそ》だよね、これ。すがる思いで後ろを振り向くと、アイちゃんは素知らぬ顔で、そっぽを向いた。ニキビが悩みのアイちゃんの頬に触れたあたしのまなざしは、まるでゴミ箱に放られる紙くずみたいに、ぽとりと床に落ちてしまった。

まさか……と嫌な予感は認めたくない確信に変わり、それを頭の中で巡らせる間もなく、床に落ちたまなざしが数人ぶんの上履きで踏みつけられた。

顔を上げると、四月に同じクラスになって以来なにかと折り合いの悪かったサエコが、腰巾着《こしぎんちゃく》のコを引き連れて立っていた。

「あのね」サエコは薄笑いを浮かべて言った。「あんた、今日からハブだから」

「ミキちゃん、かわいそーっ」とジュリの声があたしの肩を小突き、カオリが「がんばってねえ」と歯ぐきを剝《む》き出しにして笑う。

ちょっと待ってよ、なんであたしがハブられなきゃいけないのよ。理由を教えてよ。あたしに悪いところがあったら直すから。

なんて、訊《き》けるわけない。あたしにだってプライドがある。机の上に置いた自分の手の甲を無表情に見つめる。それがせいいっぱいだった。

サエコたちが立ち去ったあと、あたしはゆっくりと、慎重に教室を見回した。ウチの学校は私立の女子校なので、クラスは女の子ばかり三十七人。あたしを除いて三十六人。サエコは予想以上にクラスをまとめあげていた。周到に準備して、満を持してのハブ開始だったのかもしれない。目が合ったコは弾が命中すると標的が倒れるシューティングゲームみたいに次々にうつむき、その中には、親友だと信じていた同じ小学校出身のホナミも含まれていた。

クラス全員。どこにも逃げ込めない。あたしの視線を受け止めてくれるのは、黒板の隅に記された『今日の日直』の丸っこい文字だけだった。

その日以来、あたしは二年B組のハブになった。

誰も口をきいてくれない。目が合うと薄笑いを浮かべて顔をそむけ、廊下ですれ違うときには大袈裟《おおげさ》な仕草で身をかわす。

ハブの噂は他のクラスにも広がっていった。最初のうちは「だいじょうぶ?」と心配そうに声をかけてくるコや、「すぐ元どおりになるって」と言ってくれるコも何人かいたけど、やがてどのクラスのどのコも、あたしをハブるようになった。

理由なんて、ない。みんな退屈している。そして、やたらと厳しい校則や二年生になって急に難しくなった勉強のせいで、たぶん鬱屈《うっくつ》もしている。暇つぶしと欲求不満の解消のために、誰かをハブっちゃおう。それだけのことだ。

あたしはなにも悪いことなんてしてない。誰かを裏切ったり、誰かに意地悪したり、誰かにつらい思いをさせたことなんて、まったくない。

そこが悔しい。悲しいんじゃなくて悔しいんだ、と思いたい。

憎まれているのなら、まだましだ。「あんたなんか大嫌い!」とハブってくるのなら、あたしだって「負けるもんか!」と、みんなの背中をにらみつけてやれる。でも、実際は違う。みんな笑っている。ひとりぼっちになったあたしを見て、楽しんでいる。これはゲーム。ただの悪ふざけ。怒ったり泣いたりしたら、みんなの思うツボだ。それがわかっているから胃が痛くなるほど悔しくて、眠れなくなるほど、やっぱり悲しい。

一学期が終わるまでハブの状態はつづいた。

終業式の日、ちょっとだけ期待した。きりがいいから、このへんでやめようか。誰かが言いそうな気がした。サエコは飽きっぽいコだし、ジュリは期末試験が予想以上の好成績だったとかで機嫌がよかったし、ホナミ、あんたが「そろそろやめない？」と言ってくれれば一番いいのに。

でも、なにも変わらなかった。ホームルームが終わって先生が教室から出て行くと、サエコがクラス全員に聞こえるように言った。

「裏切るなよお、裏切ったらハブっちゃうよお！」

みんな、無言でうなずいた。あたしはそっぽを向いていたけど、それくらいわかる。わかるから悔しい。つまらない期待をしてしまった自分が情けなくなり、自分にまで情けなく思われてしまう自分が大嫌いになった。だけど、あたしはあたしをハブれない。あたしにハブられたら、あたしが終わる。それができれば楽なのにな、という気がしないわけじゃないけど。

夏休みに入ってからも、遊びに行こうという電話なんてかかってくるわけがない。ずっと家に閉じこもりきりの毎日だった。親には「七月のうちに宿題やっちゃいたいから」とごまかしているけど、いつまでも通用はしないだろう。なにしろ、ハブの始まったあの朝までは、「少しは家で勉強しなさい！」というのがお母さんの口癖だったぐらい外で遊びまわっていたのだから。

しかも、ゲームは夏休みの間にも着々と進行していた。

毎日のように差出人名のない手紙が届けられる。封筒の中には、新聞記事のコピーが一枚入っている。イジメで自殺した中学生や高校生の記事だ。

お金と手間暇かけてよくやるよ、なんて苦笑いを浮かべる余裕はない。いまは封筒の手紙だから「友達と文通ごっこしてるんだよ」とお母さんの目をごまかすことはできる。でも、もしもハガキになったり、いたずら電話がかかってくるようになったら……。

ワニがひょうたん池に棲んでいることがわかったのは、夜なかなか寝付かれなくなり、ごはんが美味《おい》しくなくなった、そんな頃だったのだ。

あたしの町は、都心のターミナル駅から私鉄の準急電車で約二十分、『超』が付くほどじゃないけど、まあ高級の部類に属する住宅街。バブル景気の頃には、「えーっ、うそォ」と言いたくなるような古い家でさえ一億円未満では手が届かなかったらしい。

人気の秘密は、なんといっても緑の多さだ。朝は小鳥のさえずりで目覚めることができるし、ジョギングや散歩のコースに不自由することがない。都心から近くて、自然が豊か。駅前の開かずの踏切を除けば申しぶんない、その環境を支えてくれているのが、町の中心にある入園無料・二十四時間立ち入りOKの大泉公園だ。

ずーっと昔に豪族のお城があったというこの公園には、湧《わ》き水がつくったひょうたん池をはじめ、日帰りで楽しめる程度の自然が、まるで幕の内弁当みたいに揃《そろ》っている。ひょうたん池の中には天然記念物に指定された浮島があり、島の隣には自然観察園があって、岸辺には野鳥の森と、ソメイヨシノが三百本近く植えられた広場。ひょうたん池の隣にはボート池もあって、そこは子供専用の釣りゾーンにもなっている。

この町に生まれ育った人の休日の思い出は大泉公園とともにあると言ってもいい。子供時代はなじみの遊び場で、やがて勝手知ったるデートコースになり、結婚してからは安上がりに家族サービスのできる切り札ということになる。

そんな大泉公園に、こともあろうに体長九十センチのワニが棲みついてしまったのだ。

ひょうたん池の岸辺は連日、報道陣や野次馬であふれ返った。公園の周囲の道路は違法駐車の車で一車線が完全にふさがり、売店のおばさんはテレビのインタビューに答えて「ええ、ええ、おかげさまで売り上げも伸びてましてねえ」と金歯を覗《のぞ》かせて笑っていた。この調子なら『大泉公園名物・ワニまんじゅう』や『元祖ワニもなか』まで売り出しかねないにぎわいだった。

もちろん、近所の住民は、のんびり騒動を楽しんではいられない。我が家みたいにマンションの上階ならともかく、一戸建に住む人は気が気じゃない。お母さんがスーパーマーケットや美容院やテニス教室で仕入れてくるご近所の様子も、どこの家も生ゴミを夜のうちに出さなくなったとか、ダンナの帰りが早くなったとか、雨戸を閉めて寝るようになったとか、飼犬を夜には玄関の中に入れておくとか……そんな感じだった。

ふだんはただそこにあるだけという公園の管理事務所も、世間の注目を浴びて張り切ったのか、八月早々からワニ捕獲作戦を始めていた。といっても、ひょうたん池やボート池にイカダを浮かべるだけの、捕獲と言うより確認作戦だ。

それでも、ワニが池から現れる瞬間を見届けようと、野次馬たちは双眼鏡をかまえ、カメラの三脚をセットする。無意味に声をひそめて「ワニは、まだ姿を見せません」と報告するワイドショーのレポーターの隣では、小学生の男の子がアイスキャンディーを嘗《な》めながらピースサインをテレビカメラに向ける。

あたしは、そんな池の様子を、ベランダの手すりに頬づえをついて、ぼんやりと眺める。

もしもワニが見つかったら、どうなるんだろう。まさか射殺や毒殺なんてことにはならないだろうけど、たぶん動物園から飼育係がとんできて、麻酔銃でも撃つのか網をかぶせるのか、どっちにしても捕まえてしまうはずだ。

「いいじゃん、ワニぐらいいたって……」

わざと声に出してつぶやくと、一学期より少し削《そ》げてしまった頬を苦笑いが滑り落ちていく。

ひょうたん池のにぎわいは、窓を閉めていても部屋まで聞こえてくる。ときどき、野次馬の笑い声が、こっちに向けられているような気がしてしまう。

八月に入ると、差出人不明の手紙は届かなくなった。でも、それでゲームが終わったわけじゃない。週に三日通っている塾にまで、ハブのゲームは広がってしまった。

ホナミだ。あのコが、なんの関係もない別の中学のコまで誘ったんだ。

せめてもの意地で、一度だけ、塾の教室でホナミに言ってやった。

「学校と違うんだよ？　サエコとかジュリとかエツコとか、誰もいないんだよ？」

ホナミはこわばった顔でうつむいて、バッグから出した英語のテキストを机に広げた。ページが違っていたので、「今日、そこじゃないよ」とあたしは言った。ホナミはうつむいたまま席を立ち、別のコのところに小走りに逃げた。追いかけようと思って、でも、やめた。すがりつくのなんてみっともないじゃん。そう自分に言ったとき、急に胸の鼓動が高まった。すがりつく？　あたしが、ホナミに？　なんで？　やだ、そんなの……。

ベッドに入っても、明け方近くまで眠れない。ごはんは冷麦やそうめんしか食べられない。胃が痛い。肩が凝って、奥歯が歯ぐきから浮き上がってしまったみたいだ。ニキビが消えない。関係ないと思うけど、生理だって、八月は一週間も遅れて始まって、しかも生理痛がひどかった。「夏バテしちゃった」という嘘にだまされてくれるお父さんやお母さんの人のよさに感謝している。でも、だからこそ、ハブのことを両親が知ったら……と思うと、急に息苦しくなって、胸がきしむように痛くなる。

八月の半ば頃、夜になって池の周囲が騒然としたことがあった。ベランダに出ると、テレビのライトが水面を照らし出していた。パトカーのサイレンも遠くから聞こえてくる。

「ワニ、捕まったのか?」

お父さんも缶ビール片手にリビングからベランダに出てきた。

「わかんない」とかぶりを振ると、キッチンで洗い物をしていたお母さんまで出てきて「ミキ、ちょっと行って見てくれば?」と笑いながら言った。

お父さんは「ここからじゃ、無理だな」と言ってあたしを振り向き、「そっちからだと見えないか?」と訊く。

「……わかんない」

「散歩がてら三人で見に行くか?」

「ううん、あたしは、いい」

「あれ?」お父さんの隣で、お母さんが甲高い声をあげた。「ねえ、門のところにいるの、ホナミちゃんじゃないの?」

手すりから身を乗り出して公園の入り口を見てみると、ほんとだ、ホナミがいる。数人のグループで、バス停のベンチに座ってソフトクリームを食べている。いっしょにいるのも全員同級生だ。この町に住んでいるのはクラスでホナミとあたししかいないから、みんなワニ見物に来たんだろうか。それとも、ハブの家の場所を確かめて、二学期からのゲームの作戦を練っているんだろうか……。

「おっきな声出したらわかるんじゃない？　ホナミちゃんに、なにがあったか訊いてみれば？」

「そうだよ、うん、そうしろよ、ミキ」

お父さんとお母さんがあたしを見る。笑わなくちゃ。「いいよお、そんなの、みっともない」って、明るい声で言わなくちゃ。必死に自分に命じたけど、頬も唇も、こわばったまま動いてくれなかった。

あたしは黙って部屋に戻った。怪訝《けげん》そうな顔で首をかしげあい、まあ難しい年頃だからね、と苦笑いで納得しあう両親の姿が、はっきりと想像できた。

その夜、あたしは布団《ふとん》を頭からかぶって、ハブになって以来初めて泣いた。家にだけはこないで、家だけはやめて……枕《まくら》に顔を押しつけて、声にならないうめきを漏らした。お父さんやお母さんの前では、いつもの元気で明るいあたしでいたい。両親への気遣いとか、そんなのじゃない。うまく言えない。でも、あたしがこんなに苦しんで落ち込んでいるのを、お父さんとお母さんにだけは知られたくない。好きな男のコの名前を内緒にしたり、たとえお母さんとでもいっしょにはお風呂《ふろ》に入りたくないのと、たぶん同じ理由で。

池の騒動の原因は、翌朝、わかった。

ワニが見つかったわけじゃなかった。野次馬の酔っ払ったオヤジが、調子に乗って池に飛び込み、パトカーで連行されただけだった。ばか。

2

九月に入ると、ワニの確認および捕獲作戦はいっそう強化されることになった。池に浮かべるイカダの数を増やし、鉄製のカゴを用意して、エサでおびき出す。エサは馬肉。わざわざ動物園からライオン用のものを分けてもらったらしい。

学校が始まったこともあって、ひょうたん池の野次馬の数は一時ほどではなくなったけど、そのぶん、ワニが姿を現した瞬間をぜったいに見届けてやるんだという執念みたいなものが岸辺に漂っている。野次馬の精鋭が居残ったという感じだ。

でも、あたしはまだ一度も池に出かけたことはない。ワニが大好きだから、興味本位で集まってくる野次馬たちといっしょになんかなりたくない。

それに、正直に言って、外に出る気力も失《う》せていた。二学期になっても、あいかわらずハブのまま誰からも口をきいてもらえず、目も合わせてもらえない。「もらえない」なんて言うのは悔しくてたまらないけど、もう意地を張って強がることにも疲れてしまった。

始業式の日、夏休みの間も学校に置きっぱなしだった折り畳み傘が壊されていることに気づいた。夏休みの美術の宿題だった風景画を丸めて机の中に入れておいたら、いつのまにかぺしゃんこにつぶされていた。画用紙には上履きの跡がくっきり残っていたけど、犯人探しなんて無意味なことだ。

ホームルームや授業で配られるプリントも、あたしを抜かして後ろに回されるようになった。「全員に回りましたか?」と先生に訊《き》かれ、「すみません、取るの忘れてました」と教壇まで貰《もら》いに行く背中に、三十六人の忍び笑いが貼《は》りつく。恥ずかしさと悔しさに目を伏せて席に戻ると、椅子《いす》に画鋲《がびょう》が置いてある。丸めた紙屑《かみくず》のときもある。紙を開くと、『まだ死なないんですか?』と書いてある。

ほんとうに死んであげようか? 遺書にクラス全員の名前書いて、新聞社とかテレビ局とかに送り付けてから、みんなが見てる前で校舎の屋上から飛び降りてあげようか?

冗談。でも、ちょっとは本気。

夜中に、ぜんぜん眠れなくてベッドから起き出して、英語のノートに同級生の名前を書いてみた。出席番号一番の『アダチカズエ』から、十四番の『ソノダミキ』、つまりあたしを除いて、三十七番の『ワタナベユウカ』まで、全員。一人残らずフルネームで覚えてるところがすごく悔しくて、なんだか自分が哀れになってきて、消しゴムで一人ずつ名前を消していった。

ワニは見つからない。エサの馬肉が食いちぎられていることは何度かあったけど、どれもカメの仕業だという鑑定だった。

カメなんかに負けるなよなあ、ワニ。

あたしは、家ではやたら陽気に、おしゃべりになった。つまらないコメディアンのギャグに脇腹《わきばら》が痛くなるぐらい笑い転げ、夕食のあともずっとリビングに残って、お父さんとお母さんの恋人時代の話をせがんだり、両親には知らんぷりしていた子供時代のイタズラの数々を「あたしね、ほんとはね、昔ね」とザンゲしたりした。一度しゃべりだすと、口は勝手にえんえん動きつづけ、喉《のど》がひりついて声がしわがれても止まらなかった。

「お父さん、ギター教えてよ」と言うと、学生時代にビートルズが大好きだったお父さんは、さっそく翌日新しい弦を買って帰って、納戸《なんど》の奥にしまいこんでいたアコースティックギターをひっぱりだした。コードを押さえられるようになったら新しいギターを買ってくれるという約束も取り付けた。

お母さんにも、おねだりした。

「今度、ケーキ焼こうよ。いろんなの、教えて」

でも、お母さんの反応はお父さんとは違った。なにも答えず、じっとあたしを見つめた。「どうしたの?」と訊くと、黙って目をそらした。たぶん、先に目をそらしてくれたんだと、思う。


『大泉公園のワニ　捕獲作戦を再強化』という記事が朝刊に載ったのは、秋分の日の前日だった。もともと熱帯や亜熱帯に棲《す》むワニは気温が下がると動きが極端に鈍くなるので、一日も早く発見し、捕まえなければならない。そこで、ついにワナを仕掛けることを決めたのだという。

鉄製のケージの中に馬肉を置き、ワニがそこに入ると扉が閉まる仕掛けだ。池のイカダに置いたエサにも、カジキマグロ漁で使う大きな釣り針が仕込まれた。

翌日のひょうたん池は、ひさしぶりに朝から報道陣や野次馬でにぎわった。誰もが期待している。ワニが姿を現すことと、捕まることを。

ベランダからそれをぼんやり眺めているうちに、ワニがだんだんかわいそうになってきた。

ワニがなにをしたっていうわけ？　誰かに噛《か》みついたり、前肢《まえあし》の爪《つめ》で公園のどこかを壊したりした？　なにもしてないじゃない。ワニはただ、黙ってそこに棲んでるだけじゃない。

自然保護とか動物愛護とか、そんなカッコいいことを言ってるんじゃない。同情とも、ちょっと違う。悔しいんだ、すごく。ベランダから岸辺の人ごみに石をぶつけたいぐらい悔しい。

みんな、にやにや笑いながら池を見ている。中学生か高校生の男のコたちが、仲間同士で池に落っことす真似《まね》をしている。

捕まえるだけじゃ物足りないんだ。ワニが暴れて、ここにいる誰かに噛みついて、悲鳴があがって、血が飛んで、最後はワニも殺されちゃわないと、「今日はつまんなかったな」なんて言いながら引き揚げるんだ。

ゲームだもん。こんなの、全部。恨みや憎しみがなくたって、こんなふうに追い詰めていって、笑いながら殺すことができるんだ。

相手がワニだから。そして、ハブでも、きっと同じ。


うんざりした気分で部屋に戻ると、お母さんが戸口に立っていた。なにか言いたそうな顔をしている。違う、言いたいんじゃなくて、訊きたいんだ。

あたしは、「今日捕まっちゃうかもね」と笑いながら言った。

お母さんは笑い返さない。

「ミキちゃん」声が震えていた。「最近、遊びに行かなくなったんだね」

「まあね」と、あたしの声はふだんどおりだったはずだ。ずっと練習してきたんだから。

「学校、おもしろい?」

「うん」

「塾は?」

「おんなじ。休んだりしてないでしょ? ちゃんと行ってるでしょ? 塾なんて遊びに行くんじゃないんだから、おもしろいもつまんないも関係ないじゃん」

あたしはあくび交じりに伸びをして、首をぐるぐる回した。それから……どうするんだったっけ……。何度も練習しておいたのに、お母さんの視線に射すくめられて、その次の仕草を忘れてしまった。

お母さんの後ろに、お父さんもいた。お母さんと同じようなまなざしを、あたしにぶつけている。怖い顔。でも、怒っているんじゃない。どうしていいのかわからなくて、少しいらいらしながら、あたしをにらんでいる。

「あなたは、いいから、あっちで……」

お母さんが振り向いて早口に言いかけたら、それが逆にふんぎりをつけさせたのか、お父さんはお母さんを脇に押しやって部屋に入ってきた。手に白い封筒を持っていた。

「今朝、郵便受けに入ってた」と感情を必死にこらえているのがわかる、上ずっていながら平べったい声で言うのと同時に、封筒が小刻みに震えはじめた。

「なに？　それ」

あたしは、きょとんとした顔で訊いた。「きょとん」と、心の中でつぶやいた。「なに？」の「に」を息を詰めて、がんばれ、と持ち上げた。

お父さんは黙って、封筒をあたしに差し出した。封筒じゃなかった。それは、白と黒の水引のついた、おくやみ用のノシ袋だった。

『御霊前　二年B組一同』

　中にはなにも入っていない。それを確かめる仕草にも無邪気な好奇心をにじませたつもりだけど、両親には伝わらなかっただろう。

「ミキちゃん、明日いっしょに先生に相談しよう？　ね？　お母さん、ちゃんと先生にお願いしてあげるから。ね？　先生に言わないと、こういうね、ひどいイタズラなんて……ね？　明日……いまから電話しようか？　先生、今日、家にいるわよね？」

　お母さんはドア枠に抱きつくような格好で、泣きながら言った。

　あたしは袋を机に置き、ベッドの縁に腰掛けて、「違うの」と言った。「これ、遊びだから、ゲームなんだから」

「だって、ミキちゃん……」

「流行《はや》ってんのよ、わけのわかんない遊び。ホナミよ、きっと。あのコが、ゆうべ、これ入れてったのよ。まいっちゃうなあ。ま、あたしも別のコのカバンの中におんなじの入れといたんだけどね。聞いたことない？　香典ごっこって。けっこう流行ってんのよ。しょうがないなあ、遊びでびっくりしちゃって」

　あたしはベッドに仰向けに寝転がって、キャハハハッと、「キャ」「ハ」「ハ」の文字を思い浮かべながら笑った。台本のト書きには、きっとこう書いてある。明るく、元気に、屈託なく。

お母さんは洟《はな》をすすりあげながら、あたしの顔を上から覗《のぞ》き込もうとした。それを、今度はお父さんが押しとどめる。

「ミキ」

お父さんは、お母さんの肩を抱いて言った。

「なに？」

「なにかあったら、いつでもいいからお父さんかお母さんに……」

つづく言葉を呑《の》み込んだ。まるで、ここから先は言わせないでくれ、と訴えるように。

あたしは、息を大きく吸い込んで、天井を見つめたまま言った。

「はーい」

ベッドのスプリングがたわんで、ネズミが鳴くような音をたててきしんだ。

動揺しちゃだめだ、と自分に言い聞かせた。うろたえたり、悲しんだり、怒ったりしたら、奴《やつ》らの思うツボだ。知らん顔。落ち着いて、無視。駅の雑踏を歩くときのように、なんの感情もない顔つきで過ごすんだ。

仲良くしようなんて思うから、つらくなる。同級生とは仲良くするのがあたりまえ？　そんなの嘘《うそ》だ。たまたま同じクラスになったっていうだけの、奴らは赤の他人なんだから。赤の他人が話しかけてこないのはあたりまえ。すれ違うときに目をそらすのは当然。意地悪だってしてくるよ、赤の他人なんだから。かばってくれるわけないじゃん、赤の他人を。

授業中も、休憩時間も、放課後も、あたしはずっと左胸に掌《てのひら》をあてて過ごした。だいじょうぶ、心臓はちゃんと動いてる。あたしは死んだりしない。自殺なんか、ぜったいにするもんか。生きていくっていうのは、つらいんだから。そうだよ、楽しいわけないいんだ。いままでの生活のほうがおかしかったんだ。赤の他人に囲まれてるんだもん、つらくないわけがないいんだから。

こんなかんたんな理屈に、どうしてみんな気づかないんだろう。

十月一日。

昼休みに担任の先生が教室に入ってきて、サエコと取り巻き数人に、すぐに職員室に来るよう命じた。

サエコたちは、「えーっ、なんなのお？」なんてぶつくさ言いながら、連れ立って教室を出て行った。突然の呼び出しだったけど、サエコたちにはそれほど驚いた様子はなかった。歩きながら耳元でささやきあったり肘《ひじ》でつつきあったりして、廊下に出る間際《まぎわ》にあたしをちらりと振り向いて、やっぱりねえ、と嘲《あざけ》るように笑う。

「あーあ、チクリ入っちゃったってかあ？」

呼び出しのご指名がかからなかったナナコが、教室中に響く声で言った。

「最っ低、このハブ！」

マリエが、自分の机の脚を蹴飛《けと》ばした。

「せんせーっ、あたしィ、みんなからァ、意地悪されちゃってるんですゥ」

お調子者のアツミが腰をくねらせると、みんな笑った。もう忍び笑いなんかじゃなかった。はっきりとあたしを見て、声をあげて笑った。

「違う！　あたし、誰にも言ってない！」

思わず叫んでいた。席についたまま、机を両手の掌で思いきり叩《たた》いていた。

教室が静まりかえる。でも、それはほんの一瞬のことだった。

アツミが「はあ？」ととぼけた声で言った。「なんのこと？」

「よくわかんないね、なに言ってんのか」とミユキがあきれたように首をかしげ、

「被害妄想なんじゃなーい？」とトモコが語尾を吊《つ》り上げて、頭の横で人差し指をぐ

るぐる回した。

そうして、教室中を笑い声が這《は》っていく。

教室に戻ってきたサエコたちは、まるで英雄のように迎えられた。

「ねえねえ、どうだった?」「まいっちゃったよお、ねちねちしつっこいんだもん」「やっぱり、ハブのこと?」「とーぜん」「本人? 親?」「そこまで言うわけないじゃん、せんせーが。察してあげなきゃ、そこんところは。なんかさあ、手紙が来たらしいよ、せんせーんちに。二年B組でイジメやってますよお、って」「うっそお!」「セコいんだ、それが。ハブられてる奴の名前は書いてなくてさ、うちらの名前はちゃーんと書いてあるんだから」「えーっ、なんなの? それって」「見栄《みえ》張りたいんじゃない? ハブも。そーゆー根性だからハブになっちゃうってこと、どーしてわかんないんだろーねえ、ハブちゃんは」……。

違う、あたし、ぜったいにしてない、そんなこと。

サエコたちは、制服のポケットに手を突っ込んで、こっちに歩いてきた。サエコがあたしの右、左はエツコ、後ろからユミとジュリ。四人で、あたしを取り囲む。あたしは動かない。動けない。机の上に置いた握り拳《こぶし》を、じっと見つめる。耳たぶの後ろが熱くなっているのがわかる。背中が痛い。みぞおちが縮こまる。

「ハブちゃん」サエコが言った。「あんた、すごく臭いんだけど」

「ゲロ吐きそうなぐらい臭いよ」とエツコがつづけた。

「キュウリ、入れっぱなしなんじゃないの？　あんたのあそこ」

ユミの言葉に「やだあ」と笑ったジュリは、軽くかがんで、あたしの耳元にしわがれた声をなすりつけた。「くっせえーっ！」

授業の始まるチャイムが鳴り、サエコがとどめを刺した。

「ねえ、ハブちゃん。悪いんだけど、あんた、今夜死んでくれない？」


その夜、塾の帰りに、あたしは初めて大泉公園に入っていった。まっすぐ家に帰りたくなかった。お父さんやお母さんの顔を見て、声を聞いたら、もうぐしゃぐしゃにつぶれてしまいそうな気がした。

手紙は両親が書いたものじゃない。だって、サエコのことなんか、お父さんもお母さんも知らない。それとも、大人にはわかっちゃうんだろうか。どんなにごまかしても、ちゃーんとお見通しなんだろうか。だとすれば、もっとつらい。あたしはいま、ものすごくかわいそうな娘になっているんだろうか。嫌だ。ぜったいに嫌だ。あたしは明るくて元気で、お父さんにすぐに甘えてお母さんにいつもお小言をくらう、そんな娘でいなくちゃいけないんだ。

時刻は、午後八時半を少し回ったところだった。九月の終わり頃から朝晩が急に冷え込んできて、こうして正門からひょうたん池へつづく遊歩道を歩いていても、吐く息が白い。

公園は閑散としていた。つい一週間前のにぎわいが嘘みたいだ。

ワニは、まだ捕まっていない。期待が高かったぶん拍子抜けも大きかったのか、三日つづいたおびき出し作戦が失敗に終わったあとは、急に野次馬たちの姿が減った。新聞やテレビのニュースも、ひょっとしたらワニなんて最初からいなかったんじゃないか、と言いはじめている。

『岸辺には近づかないでください　管理事務所』『この池にはワニがいる恐れがあります。注意してください　大泉公園』なんていう看板が、たぶん夏のうちに立てられたのだろう、埃《ほこり》にまみれて暗がりにぼうっと浮かび上がっている。

犬を連れてジョギングをするおじさんに追い抜かれ、橋のたもとのベンチでおしゃべりをしているカップルさんを横目に、ひょうたん池の、ワニが最初に目撃されたというあたりに向かった。

歩きながら斜め上に目をやると、夏よりもだいぶ隙間《すきま》が増えた木立越しに、マンションが見える。四階建ての、四階。明かりが灯《とも》った窓、そこがリビングルーム。お父さんはまだ帰っていないだろうから、きっとお母さんが一人でテレビを観《み》ているはずだ。明かりの消えた窓が、あたしの部屋。いつも、あそこからここを見ていたんだ。マンションから公園までは手を伸ばせば届きそうな近さだと思っていたのに、逆の側から見てみると、ずいぶん遠い。

あたしはマンションがちょうど木立に隠れるところで立ち止まり、池を見つめた。常夜灯の明かりがいくつも水面に白く浮かんでいる。でも、それがよけいに、池ぜんたいの暗さと深さをきわだたせる。

この池のどこかに、ワニはいる。きっと……ぜったいに、いる。じっと息をひそめて、あたりの様子を窺《うかが》っている。水の中に入って、鼻の穴と目だけを出して、獲物を探している。岸辺の泥に半分体を埋めて、腐った肉のにおいをさぐっている。生い茂る葦《あし》の茎を尻尾《しっぽ》でなぎ倒し、のそのそと夜の闇《やみ》をおなかでこすりながら這っている。

人間なんかに捕まるものか、ワニが。なめるな。

足元から寒気が伝わってきて、そろそろ家に帰らなくちゃお母さんが心配しちゃうな、と気づいて踵《きびす》を返した。

その直後、あたしは短い悲鳴をあげてしまった。

少し離れた岸辺に、女の人が立っていたのだ。

近所に買い物に出たついでのようないでたちの、おばさんだった。服はシャツにセーターを重ね着しただけだし、手にはスーパーのポリ袋も提げている。

おばさんはあたしの悲鳴にも驚くことなく、池を見つめたまま、つぶやくように言った。

「ワニ、いるのよ」

「え？」

「ワニは、ほんとにこの池に棲んでるの」

「……はあ」

「あなたも会いに来たんでしょ？　ワニに」

おばさんはそう言って、初めてあたしに目をやった。三十代半ばの年格好だった。顔立ちは整っているけど、切れ長の一重瞼《ひとえまぶた》のせいもあるのか、どことなく寂しそうに見える。

黙ってあいまいにうなずくと、おばさんは頬をゆるめた。光の具合なのかもともとそういう笑い方なのか、微笑《ほほえ》むと逆に寂しい印象が強まった。

　おばさんはまた池のほうに向き直って、足元の小石を意味なく蹴るような口調で、

「ワニって、あたし大好きなの」と言った。

　そうですか、とあたしは小声で答える。ひょっとしたらこのおばさん、ココロを病んでいる人なのかもしれない。もしもそうだったら下手に話を合わせるとあとが面倒になりそうだし、なにより、もう三カ月近く両親と先生以外の人と話をしたことがない。おしゃべりを楽しむにはブランクがありすぎる。

「こないだのワナで捕まっちゃうって思ってた？　あなた」

「……まあ、ひょっとしたら、って」

「だいじょうぶよ、捕まらないから」

「そうなんですか？」

「そうよ。馬肉なんて食べるわけないもの、あのワニが」

　確信に満ちた言い方。それも、実際にワニを見たことがあって、どんなものを食べているのかを知っているかのような。

　横顔をじっと見つめるあたしの胸の内を見抜いたように、おばさんはつづけた。

「ときどき来るのよ、ワニ」足元の水辺を指差した。「あのあたりで、あたしがあげ

るエサを食べるの」

「エサ？」

「そう、こうやってね」

おばさんは手に提げたポリ袋からお団子のようなものを取り出して、アンダースローで池に放った。二、三メートル先の暗い水面が、ボチャン、という音とともに白く裏返り、また元に戻る。

「いまの……なんですか？」

「なんだと思う？」

あたしは小首をかしげて、水面に目を凝らした。なにも浮かんでいない。おばさんは空になったポリ袋をくしゃくしゃにつぶして、掌に握り込んだ。

「人喰いトラの話って、知ってる？」

「トラって、あのトラですか？」

「そう。一度人間の肉を食べちゃったトラは、その味が忘れられなくて、他の獲物の肉じゃ物足りなくなって、次から次へと人を襲うようになるって話。ワニもおんなじよ。だから、もう、あたしのあげるエサ以外は食べないの」

訝《いぶか》る気持ちは、次の瞬間、ぞっとする予感に変わった。あわてて視線を池からおばさんに移す。嘘でしょ、と声には出なかったけど唇が動いた。

おばさんは、ゆっくりと、頬に薄笑いを浮かべて言った。

「餌付《えづ》けをしてるのよ、ずっと。ワニが人間の肉を大好きになりますように、ちゃんときれいに食べてくれますように、って」

やっぱり、この人、ココロが病気なんだ……。

あたしは腕時計を見て、「あ、もう、こんな時間だ」とわざと驚いた声をあげて、ダッシュで立ち去ろうとした。

ところが、背後を駆け抜ける寸前、おばさんは「あ、いた」と池を指差した。

あたしは足を止めて、池を振り返る。

「ねえ、あなた、見えた？　いたでしょ、ワニ」

「……どこですか？」

「そこの、先のほう」人差し指の先は、あたしたちのいるところから少し離れた葦の草むらに向けられていた。「もう隠れちゃったけど、いま、いたのよ」

「あの、あたし、帰んなくちゃいけないんで」

あたしはぺこりと頭を下げて、そのまま駆け出していった。だまされるもんか、からかわれてるだけなんだから、と自分に言い聞かせた。あのおばさん、ココロが病気の人なんだから。だって、そんなの、信じろっていうほうが無茶だ。

正門の手前で立ち止まり、池のほうを一度だけ振り向いた。おばさんの姿は暗がりに溶けてしまって見分けられない。

ワニ、ほんとうにいたんだろうか。

茂みに、赤い小さな光が二つあったような気もする。ほんとに。うん、なんとなく、見えた。そうだ、さっきは逃げ出すことしか考えてなかったからそのまま見過ごしてしまったけど、確かに、赤く光るものは、あったんだ。ひょっとしたら、あれ、ワニの目じゃなかったんだろうか……。

ひとつ大きく息を継いで、あたしは歩き出す。そうかそうか、うんうん、と笑顔でうなずく。

ワニはいる。ひょうたん池に、棲《す》んでいる。元気だ。元気に、みんなから嫌われながら生きている。うん。

ほんのちょっとだけ、元気になれた。

## 3

十月の下旬になって、ワニの捕獲作戦は大幅に縮小された。どの新聞やテレビも、ワニはいないのではないかという結論に達していたし、仮に棲んでいたとしても寒さでほとんど動けないはずだ、と専門家は言う。要するに、このまま放っておいても、もはや人に危害を加える恐れはなくなり、冬の寒さで勝手に死んでくれる、というわけだ。

あたしはずっとハブのままだった。それも、存在を無視されるハブじゃない。ゲームは新しい局面に進んだのだ。

休憩時間になると、サエコたちがあたしを取り囲む。誰かが「せーの」と音頭《おんど》をとって、「死ね死ねコール」が始まる。

「死ーね、死ーね、死ーね、死ーね……」

朝、登校すると、牛乳瓶に一輪挿しした花が机の上に飾られていることもあるし、机そのものがベランダに出されていることもある。

昼休みにみんなで寄せ書きをした色紙を、渡された。『安らかにお眠りください』

と真ん中に書かれた大きな字を囲んで、三十六行の、署名のない言葉。『地獄に落ちろ』『地縛霊にならないでください』『形見分けでCDちょーだい。いらねーよ、おめーのなんか』『ワイドショーに出てね』……。

笑っちゃうよ。手間暇かけてお金遣って、ガキみたいなこと、よくやるよ。色紙を黙って受け取って、黙って席を立ち、黙ってゴミ箱に捨てた。破いたりなんかしない。そこまでサービスしてあげるほどあたしはお人よしじゃないし、弱くもない。だいじょうぶ。ぜんぜん、元気。赤の他人なんだもん、みんな。優しいわけないじゃない。知らん顔してやりすごせる。

学校は楽しくない場所、それでいい。放課後になって、塾に行って、帰りに大泉公園のひょうたん池に寄ればいい。池にはワニがいる。まだ一度も姿を見たことはないけど、でも、ぜったいに、いる。

ときどき、あのおばさんと出くわすこともある。おばさんはいつもエサをスーパーのポリ袋に入れて持ってくる。フリーザーで、たくさん、たくさん、冷凍しているのだそうだ。

いいじゃない、ココロなんて、ちょっとぐらい病気のほうが。

何度目かに池の岸辺で会ったとき、おばさんに名前を訊《き》かれて、「ハブです」と答えた。おばさんは怒りもあきれもせずに、「ふうん」とうなずくだけだった。

イジメの話をしたのは、十一月に入って最初に会った夜。その日の昼間、担任の先生と進路指導室で話をした。先生の自宅に、また差出人不明の手紙が来たらしい。今度は、イジメの被害者があたしだということも書いてあったという。

先生は、あたしがハブられていることが信じられないようだった。

「イタズラの手紙だとは思うけど、もし、それがほんとうで、なにか被害に遭ってるんだったら、なんでもいいから教えてくれ」

あたしは、「そんなのあるわけないじゃないですか」と笑って答えた。先生にチクったりなんかしない。そんな恥ずかしいこと、できるわけない。プライド。それを先生たちは、親もそうだけど、みんな忘れてる。だから、「イジメに遭ったらすぐに相談しなさい」なんてことを平気で言うんだ。

じゃあ、なんでおばさんには話せるんだろう。自分でもよくわからない。でも、おばさんはどうせ無関係な人だし、「あたし、学校でイジメに遭ってるんですよね。もう、まいっちゃって」なんて軽い口調で言うと、いまの自分ってそんなに不幸じゃないのかもしれないな、ともなんとなく思えてくるから不思議だ。

「友達とケンカでもしたの？」とおばさんが訊いた。

「そういうんじゃないんですよ、最近のイジメって」評論家みたいに言える。「ゲームなんです。誰かが困ったり落ち込んだりするのを見て、笑って、もっと困らせたり落ち込ませたりする、そういう遊びなんですよ。で、あたしってね、ほんとはすごい人気者だったんですよ、クラスの。学級委員とかもやったり、ホームルームでも、あたしが一番多かったんじゃないかなあ、いろんな提案したり意見言ったりするのって。だからよけい、ゲームがおもしろくなるんですよ。最初から友達がいないようなコや目立たないコだったら、そんなにおもしろくないじゃないですか。あたりまえって感じで。でも、あたしなんかがやられちゃうと、すごい落差があるでしょ、そこがいいんですよね。転落の人生？　てな感じで」

　話しながら、自分でも思った。あたしが「誰をハブったらおもしろいと思う？」と相談を受けても、きっとあたしみたいなコを選ぶだろう。どうせだったら、クラスの人気者で明るくて元気なコをハブっちゃえば？　そういうのって向こうのショックも大きいしさ、ハブるほうも、えーっ、こんなことしちゃっていいのかなあ、ってドキドキするじゃん。そのほうがおもしろいよ。理由とかがあるとさあ、なんていうのかな、仕返しっていうか懲《こ》らしめるっていうか、仕事みたいになっちゃうじゃん。こういうのって、理由とかはないほうがいいんだよ、なんでそのコをハブってるのか自分でもわかんなくなるぐらいのほうが、ぜーったいにおもしろいんだから……。

「あんまり怒ってないのね、あなた」とおばさんは言った。

「怒ってもしょうがないし、そんなことしたらみんなはもっと喜ぶんだもん」

「すごいね、最近の中学生って。いじめるほうも陰険だし、いじめられるほうも醒《さ》めてるんだ」

「でも、たぶん、あたしだけだと思いますよ、こんなふうに余裕で言えるのって。ふつうのコはマジに落ち込んで、だからほら、自殺とか登校拒否とかするじゃないですか。あたし、そういうの嫌いだし、親とかにも心配かけたくないし、どうせ一生付き合う相手でもないんだし……。勉強できないコって、授業が苦痛じゃないですか。それとおんなじで、まあ、我慢するしかないのかな、って」

あたしは暗い池を見つめて、笑った。けっこう論理的じゃん、われながら。イジメのカウンセラーとか、なれるかもしれない。

おばさんはそれをいいとも悪いとも言わずに、黙ってエサを池に放った。

その次におばさんと会ったのは、十一月半ば。寒い夜だった。陽が暮れてから気温がどんどん下がり、山沿いでは雪になりそうだと夕方のニュースが伝えていた、そんな夜。

いつものとおりおばさんは池にエサを放り、「今夜は冷えるねえ」とひとりごちるように言って、その場にしゃがみ込んだ。掌《てのひら》に吹きかける息が、ぼうっと白く見える。

ワニが姿を現す気配はない。新聞やニュースでも、ワニのことはまったく報じられなくなっていた。

「おばさん。ワニ、冬になると死んじゃうのかなあ」

「死んじゃうだろうね、もともと熱帯の動物なんだから。しょうがないよね、それは」

おばさんは、また掌に息を吹きかけた。しゃがみ込んで両手を顔の前に出した姿は、お墓に線香を手向けているようにも見えた。

あたしは、おばさんの丸まった背中をぼんやり見つめた。制服の上にコートを着込んでいてもかじかむ寒さなのに、おばさんはいつものようにブラウスにセーターを重ねただけで、スカートの裾《すそ》から伸びる脚もストッキングを穿《は》いていなかった。

「爪《つめ》や髪の毛をね」おばさんは、ぽつりと言った。「ずっとお肉に混ぜてるの。ワニはにおいに敏感だから、それで覚えてくれないかな、って。そうすれば、池に落ちたらすぐに食べに来てくれるでしょ。きれいに、全部食べちゃってくれればいいな、って思ってるの」

「おばさん……自殺しちゃうんですか?」

おばさんは少し困ったように微笑《ほほえ》んだ。あいかわらず、頬をゆるめればゆるめるほど表情は寂しそうになる。

「あたしのじゃないわ、髪の毛も爪も」

「え?」

「ダンナのなの。お風呂《ふろば》場の排水口にネット張ったり、ダンナが爪を切ったあとのゴミ箱を漁《あさ》ったりして、毎日ちょっとずつ溜《た》めて、挽《ひ》き肉と一緒にお団子にして冷凍してるの。夏のうちにワニに味を覚えさせて、寒くなる前に食べさせたかったんだけど、もう間に合わないかもね」

淡々とした、まるで他人事《ひとごと》のような声が、耳にまとわりつく。それは感情を込めるよりもずっと強く、おばさんのココロの病み具合を教えてくれる。風が木立を揺らし、おばさんとあたしの髪の毛を躍らせた。

「あなたは殺したくならない?」

「……誰を、ですか?」

「いじめてるコたち。クラスのみんながいじめてるのかもしれないけど、リーダーみたいなコはいるんでしょ。そのコを殺したいなんて思ったりしないの？」

あたしは黙ってかぶりを振った。苦笑いを浮かべたつもりだったけど、おばさんの声がまだ耳にまとわりついていて、頬はうまく動かなかった。

もしも誰か一人だけ殺さなければならないのなら、サエコは選ばない。恨みはある、憎しみもある、それはもちろん。でも、あのコは一番じゃない。殺したいほど憎んでいる相手がいるとしたら、それはきっと、匿名《とくめい》の手紙を担任の先生に送ったコになるだろう。許さない。あたしは、そのコをぜったいに許さない。

先生とお母さんは、今日、学校で長い時間話し合った。三日前にまた匿名の手紙が届き、そこにはあたしがどんなふうにハブられているかが事細かに書いてあったのだということ。ゆうべ先生からの電話を受けたあと、お母さんはお父さんと二人であたしの部屋にやってきて、公立に転校してもいいんだから、と泣きながら言った。お父さんは、サエコの両親が詫《わ》びにこないと弁護士をつけて訴えてやる、とうめくように言った。そんなお父さんとお母さんに、あたしは言ったんだ。しょうがないよ、運が悪かっただけだから、って。

そういう言い方はやめろ。お父さんは尖《とが》った声で言った。ミキをいじめる奴《やつ》ら、お父さんは許さないぞ、だからおまえもそんなふうに言うな、いいな。あたしは笑った。自然とそんな表情になって、しょうがないじゃん、つぶやきも勝手に唇からこぼれた。お父さんはもうなにも言わなかった。お母さんは、お父さんに八つ当たりみたいに怒鳴られるまで、泣きつづけていた。

どうしてわかってくれないんだろう。お父さんもお母さんも、先生も。あたし、そういうのが一番嫌なのに。そうされるのが、死ぬほど恥ずかしいのに。かわいそうなんて言わないで。助けてやるなんて言わないで。あたしは被害者なんかじゃない。イジメに遭ってるかわいそうな中学生なんかじゃない。あたしはいつだってしっかりしてて、明るくて、元気な、ハブなんだから。

しばらく黙りこくったあと、おばさんは立ち上がって言った。

「ダンナね、不倫してるのよ。あたし、それ知ってたの、ずっと前から。ダンナはうまく隠しとおしてるつもりなんだけど、あたしはちゃーんと知ってるの」

「どうしてわかるんですか？」

「気の強い女で、電話かけてくるのよ、いま御主人、帰りましたから、って。笑ってるの、いつも。あなたの同級生と同じよ、ゲームで遊んでるのよ」

「……ひどい」

「ダンナもバカよね、なんにも知らないんだもん。自分では、女房に隠れて若い女とのスリルいっぱいの付き合いを楽しんでるつもりでいるんだから、笑っちゃうわよね」

そして、おばさんは、話を「だから」でつなげた。

「あたし、ダンナを殺すの。間抜けなお芝居してるの見てられないし、なんかねえ、バカにされてるような気がしちゃうのよ。こっちが勝手にそう思ってるだけなんだけど、すごくね、不倫してることより、バレてるのにごまかしつづけてることが……すごく腹が立つのよね。あなたはまだ中学生だから、わかんないかもしれないけど」

そんなことない、あたしにも、わかる。あたしも同じだ、おばさんと。

あたしのココロも、病気なのだろうか。


翌朝、教室に入ると、ホナミの席のまわりに人垣ができていた。

「ミキ、ちょっと、こっち来てよ」

ナナコがあたしに気づいて、手招きした。

なんで？　なんで、あたしに声をかけてくるわけ？　ゲームはもう終わったの？

あたしは狐《きつね》につままれたような気分で、人垣に加わった。

ホナミがいた。席についていて、うなだれて、泣いていた。

「泣いて逃げんなよな、ハブ！」とヨシエが机を掌で叩《たた》いた。

「汚いんだよねえ、あんたのやり方」とジュリが、机の横のフックに引っ掛けていた通学カバンを蹴《け》った。

ナナコの目配せを受けたサエコがあたしを振り向いて、笑った。

「あのさ、あんた、もうハブ終わり。よかったね」

「……どういうこと？」

「そろそろ飽きてきたしさ、あと、すっごい強力な新しいハブが見つかったから」

サエコはそう言ってホナミの顔を覗《のぞ》き込み、「ねーっ？　ハブちゃん」と笑った。

アイちゃんが教えてくれた。匿名の手紙の主は、ホナミだった。バカだ、このコ。手紙に、あたしが塾でハブられている様子も書いた。先生もバカ。昨日、サエコを職員室に呼び出して塾のことも問い詰めた。サエコ、あんたって読みが鋭いんだね。バカで、ガキだけど。

「信じられないよ、ここまでセコいことするか？　ふつう」「だったら最初からミキをハブったりすんなよなあ」「調子のいいときにはみんなのケツに乗っかっててさあ、裏であんなことやってんだもん、まいっちゃうよねえ」「知ってる？　ミキ。九月に香典、郵便受けに入れたじゃん、あれホナミがやったんだよ。考えたのもホナミなんだよ。最低の奴だと思わない？　こいつ」「あとさ、ミキ、ひとこと言っとくけど塾のハブはホナミの単独犯だからね。うちら、なーんにも知らなかったもん」……。

ホナミが、涙と鼻水でぐちゃぐちゃになった顔を上げた。あたしを見つめる。すがるように、なにかを訴えるように。

「……だって、もう、ミキがかわいそうじゃない……こんなのって、やっぱりひどいよ……」

しゃくりあげながら、切れ切れに言った。かわいそう、と言った。あたしに同情した。そして、一人だけ、いいコになろうとした。

「だったら、あんた一人でハブるのやめたらいいじゃん」とサエコが言って、「せんせーとか関係ないじゃんよ。一人で抜ける度胸もないくせに、えらそーなこと言うよな」とエツコがつづけた。

ホナミは、まだあたしを見つめている。

「ミキ、なんか言ってやんなよ。マジにさあ、ミキをハブってからは、こいつがすっごいリキ入れて、こんなことしよう、あんなこともやっちゃおうって言ってたんだから。同じ小学校から来ててさあ、よくそこまでできるよねって、うちらもあきれてたんだよね」

アイちゃんが、あたしの肩を軽く叩いてうながした。サエコたちは、にやにや笑いながらあたしとホナミを見比べる。

あたしは黙って踵《きびす》を返し、自分の席に戻っていった。拍子抜けした声が背中に聞こえたけれど、やがてそれは、ホナミへの「死ね死ねコール」に変わっていった。

ゲームに終わりはない。ハブを取り替え、使い捨てながら、ゲームははてしなくつづいていく。

あたしのハブ期間は、夏休みを含めて約四カ月。ホナミがいつまでハブられるのかは、誰も知らない。ホナミ自身はもちろん、きっとサエコやエツコたちも。


昼休みに図書室へ行き、ワニについて調べた。

ワニが人間を襲う例は、獰猛《どうもう》なイリエワニ、ナイルワニを中心に、数え切れないぐらいあるのだという。

ワニの目は、暗闇《くらやみ》で赤く光る。目の中にロドプシン色素が含まれていて、それが網膜に反射して赤く光るのだ。やっぱり、あれはワニの目だったんだ。

もうひとつ、意外なことを知った。ワニはただ獲物を食い殺すんじゃない。鋭い歯と頑丈な顎《あご》で獲物を捕まえて水の中に引きずり込み、まず窒息させる。それからゆっくりと食べていくのだ。

伝説によると、ワニは嘘泣《うそな》きをして獲物を誘い、涙を流しながら獲物の肉を食いちぎるのだという。クロコダイル・ティアーズ、ワニの涙は、そら涙、言ってみれば偽善という意味なのだそうだ。

教室に戻ると、ホナミはぽつんと自分の席に座っていた。誰もホナミに話しかけないし、目も向けない。サエコたちはベランダでひなたぼっこしながら、アイドルのグラビアがついている雑誌を回し読みしていた。

あたしはベランダに出て、サエコに声をかけた。

「あのさ、今夜、時間ある？」

「まあ、暇だけど……」サエコは怪訝《けげん》そうに言った。「なに？」

「大泉公園に来ない？　みんなで。八時半ぐらいに」

「なんで？」

「あたし、ホナミのこと許せないのよ、やっぱり。今日、塾だから、帰りにちょっとシメちゃおうと思って。どうせだったらみんないっしょのほうがおもしろいじゃん」

きょとんとしていたサエコの顔に、ゆっくりと薄笑いが浮かび上がった。

「いっしょに帰ろうか」と誘うと、ホナミは頬を真っ赤にして「いいの？」と言った。

「いいもなにも、あたし、ホナミのおかげで助かったんだもん。すごく感謝してる。ありがと」

ホナミの目が、見る見るうちに潤《うる》んできた。あたしはさりげなく目をそらしてつづける。

「ずっと友達だったんだもん、あたしたち」

「そう、そうだよね、友達だよね……」

ホナミはあたしの手を握りしめて、自分の胸に押しつけた。小学五年生のときからブラジャーをつけている胸のふくらみの少し下、ブラジャーのワイヤーの堅さが制服越しに伝わった。

二人で並んで歩きながら、ホナミは昨日までのことをあたしに謝りつづけ、明日からのことを不安に満ちた口調で訴えた。

「どんなことされちゃうんだろう、みんなに」

かんたんだ。あんたがあたしにやったようなことを、やられちゃうんだよ。それだけ。

「でも、せんせーに言うしかないじゃない、そうしないと、ミキ、ずーっとサエコたちにいじめられどおしだもん。あたし、間違ったことしてないよね？　あたし、悪くないよね？」

悪くなんかない。道徳の教科書を読めば、そう書いてある。でも、あんたは、ゲームのルール違反をやっちゃったんだ。反則なんだ、それは。ルールを破った者はペナルティを受けなきゃいけない。

「なんでイジメとかあるんだろう？　なんで、同じクラスなのに、ハブったりハブられたりしなくちゃいけないんだろう……」

きっと子供だからなんだよ、あたしたち。子供っていうのは、おもしろいことをいつだって探してるんだ。それで、誰かが悲しんだり苦しんだりするのって、ほんとうはすごくおもしろいことなんだ。

ホナミの話に無言の相槌《あいづち》を打っていたあたしは、大泉公園が近づくと、ふと思い出した口調で言った。

「ねえ、ちょっとひょうたん池行ってみない？」

「なんで？　もう、時間遅いよ」

「あ、じゃあ、べつにいいんだけど、一人で行くから」

足を速めて歩き出すと、予想どおりホナミは「ちょっと待って、やっぱり行く、あたしも」とあわてて追いかけてきた。ひとりぼっちではいられないコだ。そんなコがゲームに参加しちゃいけない。自分だけはオニになりたくないなんて言うコは、オニごっこに入れてもらえない。そんなの、あたりまえのことじゃないか。

公園の中に入り、いつもの遊歩道をひょうたん池に向かって進んだ。ゆうべ会ったばかりだから、おばさんは今夜は来ていないだろう。お風呂場《ふろば》でダンナの髪の毛を拾い集めて、肉団子を作っている最中かもしれない。

「ねえ、ミキ、どこまで行くの？」

「もうちょっと先まで」

「そういえば、ワニ、けっきょくいなかったんだってね。そりゃあそうだよね、こんなところにワニなんて……」

「いるんだよ、ワニは」

え？　と聞き返したホナミの声は、足が止まるのと同時に喉《のど》にひっかかった。

岸辺の暗がりに人影が浮かび上がる。

「こんばんは、ハブちゃん」

サエコが笑いながら言った。

「ミキがさあ、たっぷりお礼するってさ」とジュリがつづけ、エッコが逃げ道をふさぐようにホナミの後ろに回り込んだ。

あたしは恐怖に顔をひきつらせるホナミに、ゆっくりと言った。

「生きてる価値ないよ、あんた」

サエコたちが甲高い声で囃《はや》したてる。

ホナミは池を背にしてあとずさった。あたしは足を一歩前に踏み出して、距離を詰める。

「……ごめんなさい、すみませんでした、謝ります、ね？　ミキ、ごめん、許して……」

あえぐように言ったホナミは、その場に土下座して、頭を地面にすりつけた。サエコたちがそれを見て、いっせいに笑う。

「頭、踏んじゃいなよ、ミキ」とカオリが言った。「そうだよ、被害者なんだから、なにやったっていいんだよ」とエツコが言った。最後に、サエコが薄笑いを軽く放るように顎をしゃくった。

「言っとくけど、ハブとつるんだりしないでよ、ミキ」

あたしは黙って小さくうなずいた。

そして、隣にいたジュリの頬を、思いっきりひっぱたいた。


あたしは誰ともつるんだりしない。ひとりぼっちのハブでいい。

ホナミをかばうつもりはないし、同情されたくもない。だけど、サエコたちといっしょにゲームなんかしたくない。

あたしは岸辺に追い詰められた。ジュリはいまにもつかみかかってきそうな形相でいきりたっていたけど、サエコはそれを制し、呆然《ぼうぜん》とたたずむホナミに向き直って、薄笑いの顔のままで言った。

「池に落としちゃえよ、あんたが。そしたら、ハブるのやめてやるから。どうする？　ミキと二人でハブやるか？」

ホナミは顔をゆがめ、唇をわななかせた。

やっちゃうんだろうな、このコ。自分でも不思議なくらい冷静だった。後悔もない。ついさっきまでは本気でホナミに仕返しするつもりだったのに、いまは、こうなってしまうことは最初から決められていたんだろうな、なんて思い、かえってすっきりした気分になっている。

「どーするんだよ、早くしろよ」とエツコのいらだった声に背中を小突かれるようにして、ホナミはためらいながら、あたしに近づいてくる。

やっぱりそうだよね、あんた、そういうコだもん。ため息交じりに覚悟を決めた。ところが、あとちょっとで手が届きそうなところまで来たホナミは、そこから先へは進んでこなかった。泣き出しそうな顔で、あたしを見る。わななく唇が、やだよやだよ、と動いた。

「いいよ、やっちゃって」

あたしはホナミに言った。でも、ホナミの足は動かない。涙が頬を伝い落ちる。やだよやだよ、と唇は同じ動きを繰り返す。

百科事典に書いてあったことは嘘だ、と思った。ワニは偽善で泣きながら獲物を食べるんじゃない。本気で泣いてるんだ。おなかが空《す》いてしょうがなくて、ワニは生肉を食べなくちゃ生きられない動物だから、ごめんねごめんねって涙をぽろぽろ流しながら、獲物を食べてるんだ。

「なにやってんだよ、てめえ、やっぱりハブだよなあ」

ジュリがホナミに舌打ちして、あたしに腕を伸ばしてきた。

あたしはその手を払いのけて、声を裏返らせて叫んだ。

「ワニに食われて死んじまえ！　おまえらなんか！」

叫び声が夜空に響き渡り、尾を引いて消えた直後。

サエコが、声にならない悲鳴をあげて、はじかれたようにあとずさった。尻餅《しりもち》をついて、ホナミよりもずっと激しく唇をわななかせて、痙攣《けいれん》したみたいに震える手で池のほうを指差す。サエコだけじゃない。エツコも、カオリも、「なんなのよお」と池を覗き込んだジュリも。

四人は、先を争うように逃げ出した。途中でエツコが転んだ。サエコが、幼い子供みたいに「助けてえ！」と叫んだ。

なにがどうなったのか、さっぱりわからない。

岸辺に残されたあたしとホナミは、どちらからともなく池を振り向いた。

暗い水面に、電気製品のパイロットランプみたいな赤い点が二つ、浮かんでいた。

「……うそ……」

つぶやくと、跳ねるような水音が聞こえ、しぶきがほの白く上がって、それが再び闇に戻ったときには赤い二つの点も消えていた。

誰も信じてくれないかもしれないけど、ワニはいたんだ、ほんとうに。

あの夜から、もう二年半が過ぎた。

あたしは高等部へのエスカレーター式の進学を蹴《け》って都立高校に進み、いま二年生。そろそろ大学受験のことも考えなきゃ、と予備校の夏期講習のパンフレットを集めている最中の、六月だ。

けっきょく、中学時代は卒業するまでハブのままだった。「死ね死ねコール」をぶつけられるハブじゃなくて、無視は無視でも目をそらすほうが一瞬怯《おび》えたようになる、カッコよく言っちゃえば、孤高のハブだ。でも、あたし自身の名誉のために付け加えておくけど、べつにハブが嫌で都立に移ったわけじゃない。あんな連中と高等部や下手すれば大学までいっしょにお付き合いするのは、セイシュンのむだづかいだと考えたからだ。

ホナミは中学三年生に進級したのと同時に、ハブから解放された。新しいハブの座を射止めたのは、これ、笑っちゃうんだけど、サエコだった。エッコと彼氏の取り合いだかなんだかになっちゃって、エッコがジュリを味方につけて一気にクーデターを成功させたのだ。サエコって意外と根性のないコで、ハブに耐えきれずに学校を休みつづけ、二学期に入ったときに公立の中学校に転校した。学校を休んでいる間に拒食症になって体重が二十キロ近く減ったという噂《うわさ》も流れたけど、ほんとうかどうかは知らない。

高等部に進んだホナミとは、ときどき駅でばったり会うことがある。でも、ほとんどおしゃべりはしない。「元気？」と短い挨拶《あいさつ》を交わすだけだ。

家でのあたしは、あの夜を境に、また元の元気で明るい一人娘に戻った。先生に「もうだいじょうぶです、みんなと仲直りしましたから」と言っておいたのがよかったのだろう、お父さんは「今度またあんな目に遭ったら、すぐに言うんだぞ。お父さん、ミキをいじめる奴《やつ》はなにがあっても許さないからな」と力み返って言って、お母さんは「とにかく、まあ、よかったわよね」と笑って、めでたく一件落着した。都立高校を受験すると告げたときには多少揉《も》めたけど、そこは一人娘の強みというやつで、初志貫徹。お父さんもお母さんも、詳しい理由を問いただそうとはしなかった。でも、ほんとうは知っているのかもしれない、全部。いまでも二人はあたしの中学時代の思い出をおしゃべりするとき、あの四カ月間のことはぜったいに口にしない。

だけど、まあ、親だもん、子供のことぐらいわかってる。それでいい。最近は、お母さんといっしょにわざと彼氏のことをおしゃべりして、お父さんがむっとするのを見て楽しんでいる。今度、家に連れて来て紹介するつもりだ。たぶん、あたしは、ちょっとずつ大人になっている。

蒸し暑い夜、勉強に疲れると、あたしはベランダに出てひょうたん池をぼんやり見つめ、もう「昔」と呼べる、あの頃のことを脈絡なく思い出す。暗い池のほとりにたたずむひとりぼっちの少女の姿を思い浮かべて、負けるなよハブ、なんて唇を小さく動かしてみたりもする。

ワニは、最後まで捕まらなかった。死体も発見されなかった。冬の寒さで死んでしまって野良猫《のらねこ》やカメに食べられたのだという説と、最初からいなかったんだという説があったけど、いずれにしても、いまではワニのことを口にする人はいない。初対面の友達に家の場所を訊《き》かれて「ワニがいるって話題になった大泉公園のすぐそばなの」と答えると、「ああ、はいはい、あったあった」なんて妙にウケてしまう、それぐらいのものだ。

でも、おととしのちょうどいま頃、エピローグめいた小さな出来事があった。ひょうたん池から二、三キロ離れた川で、ワニの死体が見つかったのだ。体長一・六メートル、体重十三キロの、メガネカイマンという種類のワニだ。ひょうたん池のワニとは無関係の、誰かが捨てたペットだろう、と専門家は結論づけていたけど、こういうエピローグって、好きだ。

あの夜以来塾の帰りにひょうたん池に寄らなくなったので、ココロを病んだおばさんとはそれっきりになってしまった。『不倫夫、妻に殺される』なんていうニュースも見かけたことはない。ほんとうは、からかわれていただけなのかもしれない。それとも、ダンナを殺すのを思いとどまったのか、ダンナが不倫をやめたのか……。でも、ひょっとしたら、みごとに計画どおりダンナをワニのエサにしちゃったのかもしれない。だって、あたしは『サラリーマン、行方不明』というニュースは探さなかったし、ひょうたん池には確かにワニがいたんだから。

あ、そうそう。高校受験の間際《まぎわ》、駅前で、おばさんに似た人を見かけたことがある。日曜日の午後だった。おばさんに似た人は暖かそうなコートを着て、小学生の男の子を真ん中に、ダンナと三人で手をつないで歩いていた。デパートに出かけた帰りなのか、男の子の背負ったデイパックの口から、リボンのかかった包みがちょっと顔を覗《のぞ》かせていた。男の子がなにかしゃべって、おばさんに似た人はおかしそうに笑った。すれ違ってもあたしに気づかなかったから、きっとそれは別人だったのだろう。

# セッちゃん

# 1

「セッちゃん」という少女のことを雄介《ゆうすけ》が初めて知ったのは、九月——まだ陽射《ひざ》しに夏が残っている頃だった。

セッちゃんは、娘の加奈子《かなこ》の同級生だった。二学期の始業式に転校してきたのだという。

「ちょーかわいそうなの、セッちゃんって」

加奈子はクッキーを頬張って言った。

唐突に切りだした話だった。夕食後、「宿題があるんじゃないの?」と母親の和美《かずみ》に小言を言われながらリビングに居残ってテレビを観《み》ていた加奈子は、ドラマがコマーシャルに切り替わるのと同時にセッちゃんの話を始めたのだ。

「ソッコーだよ、速攻で嫌われちゃったの、みんなから」

「なんで?」と和美が訊《き》くと、加奈子は「さあ……」と首をかしげ、口の中のクッキーを紅茶で喉《のど》に流し込んで、「よくわかんないけど」と付け加えた。

「わかんないって、そんなの、理由がなくて嫌われるわけないでしょう」

「そう？　あるんじゃない？　そーゆーのも」

「なに言ってんの」

「まあ、ちょーかわいそうだけどね、やっぱ、あるよ、そーゆーの」

「カナちゃん、あんたはだいじょうぶなの？」

「なにが？」

「その子のこと、みんなといっしょになって悪口言ったりしてない？」

母親の不安をいなすように、加奈子は「ないないない」と軽く笑い、「あたし、セッちゃんと友だちだもん」と付け加えた。

コマーシャルが終わり、テレビの画面はドラマに戻る。和美はまだなにか言いたそうだったが、加奈子は通せんぼをするような手振りで話を打ち切った。

キムタクだったかソリマチだったか、雄介には格好つけて斜にかまえただけの男にしか見えないが、とにかく学校でいちばん人気のある俳優が主演するドラマで、これを観ていないと友だちとのおしゃべりに入っていけないのだという。

和美は、やれやれ、と息をつき、ソファーからダイニングテーブルに移った。遅い夕食をとっていた雄介の正面に座り、テレビばっかり観てんのよカナって、もうまいっちゃう、と息だけの早口で言った。雄介は苦笑いを返し、ビールを缶のまま啜《すす》った。小さなゲップといっしょに、まあいいじゃないか、と声に出さずにつぶやく。

和美が本気で愚痴っているわけではないことは、雄介にもわかっている。心配ごとのなにもない暮らしが逆に心配になって、ささやかな不満や不安や悩みのタネを見つけたがっているだけだ。

雄介は逆だ。おだやかで波風の立たない暮らしを、そのまま素直に受け入れられる。「のんきすぎるんじゃない?」と和美によく言われるが、そういう性分なのだからしかたない。

中学二年生が難しい年頃だということは、テレビのニュースキャスターに言われるまでもなく知っている。ましてや、父と娘だ。もう幼かった頃のように無邪気に「おとうさん、おとうさん」とまとわりついてくることはない。

それでも、雄介は思う。和美に親バカだとあきれられても、思う。加奈子は素直でいい子に育ってくれた。一人娘だ。多少は甘やかしてしまったかもしれないが、わがままな性格ではないし、なにより明るくて積極的なのがいい。

小学生の頃から、クラス委員はもちろん、運動会の応援団長やクラブの部長や子供会の班長など、なにかのリーダーを決めるときには必ず加奈子の名前が挙がった。本人もそういった役割が好きだった。一年生のときも、今年も、一学期のクラス委員をつとめた。クラス委員は学期ごとに改選するという校則がなければ、委員をやりどおしだったはずだ。「どうせやりたがる子なんていないんだから、やりたいひとにずーっとやらせてあげればいいのにね」とよく言っている。ちょっと目立ちたがり屋のところもあるのかもしれないが、引っ込み思案で友だちがいない子より、ずっといい。

テレビは、またコマーシャルになった。加奈子は緊張がいっぺんに解けたように、ふーう、と長く息をついてソファーに寝ころがった。

「そんなに気合い入れて観るほどのもんじゃないだろ」

雄介が苦笑交じりに言うと、しょぼついた目をこすりながら「カルトなネタ捜さないと、明日、話が盛り上がらないもん」と返す。

「なんだ?　カルトって。オカルトとは違うのか?」

「あ、いーのいーの、はい、おとうさん、わかんなくていいから」

顔の前で掌《てのひら》を横に振って、笑う。キッチンで洗い物をする和美が「カナちゃん」とたしなめるように言ったが、いつものことだ、加奈子は「ほーい」とおどけて答え、雄介もべつに腹が立つわけでもなく、明日会社のＯＬに「カルト」の意味を訊いておこう、と思っただけだった。

いつもこんなふうに、我が家の夜は更《ふ》けていく。幸せ——などとおおげさな言葉をつかうとさすがに照れくさいが、じゅうぶんに満たされている。

「でも、まあ、セッちゃんも最初だけだと思うけどね、みんなとしっくりいかないのって」

加奈子は、話をまた唐突にセッちゃんに戻した。

「その子、どこから転校してきたんだ？」

「さあ……」

「先生、紹介してくれなかったのか」

「まあね、でも、うん、今度訊いてみる」

「仲良くしてやれよ、転校生なんてひとりぼっちなんだから、ほかの子が嫌ってても、カナが面倒見てやらないとかわいそうだぞ」

「でもアレよ」キッチンから出てきた和美が口を挟む。「先生に言いつけたりしないほうがいいからね、そういうの、危ないっていうから」

「セコい発想だなあ」と雄介は笑った。

「チクリなんて入れるわけないじゃん」

加奈子もあきれたように言って、体を起こしながら「そんなの、マジ、サイテーだよ」とつぶやくように付け加えた。

## 2

セッちゃんは、九月の終わりになってもクラスになじめなかった。

「生意気で、いい子ぶってるんだって。そーゆー子って、やっぱ、浮いちゃうじゃん。シカトだよ、誰もしゃべってないもん」

もともと学校でのできごとはなんでも親に話す子だった。小学校の低学年の頃は、朝「行ってきます」を言ってから夕方「ただいま」と帰ってくるまで、時間を追って端から話さないと気がすまなかった。中学生になるとさすがに口数は減ってきたが、それでも一日の報告を聞くだけで十分や二十分は軽く過ぎてしまう。

親としては、ありがたい。加奈子のおしゃべりのことを会社で話すと、同じような年頃の子供を持つ同僚は皆うらやましがるし、それが雄介のささやかな自慢でもあった。

だが、セッちゃんの話は、聞いていて、あまりいい気分ではなかった。

いじめ――なのだろう、これは。そういう種類の話を聞くのは初めてだった。驚くというより、とうとう来たか、という気持ちのほうが強い。

援助交際、オヤジ狩り、ナイフ、いじめ、不登校……少年や少女をめぐる言葉はいつも頭の中にあり、しょっちゅうしかめつらにもなってしまうのだが、それはたとえばソマリアの飢えたこどものことを思うのと似たような感じで、現実がそこにあるとは認めても、「そこ」と我が家との間には目に見えない境界線が引かれているような気がしていた。

でも、そういうのはやっぱり甘いのかもしれないなあ……と、セッちゃんの話に気のない相槌《あいづち》を打っていると、ついため息が漏れてしまう。とりあえず加奈子がいじめに加わっていないことにほっとして、だが傍観者の安全圏にとどまっているのもふだんの加奈子らしくないような気がして、それでも下手に正義感をふりかざすのが危ないことぐらいはわかっているから、ため息は繰り返すたびに深くなる。

十月初め――運動会の数日前の夜、加奈子はいつものようにセッちゃんの話を始めた。

体育の時間に、運動会でやる創作ダンスの練習をしたときのことだ。九月のうちにクラス全員で決めた振り付けが、昨日の放課後になって大きく変わった。それを知らなかったのは、セッちゃんだけだった。

「あたし、誰かが伝えてると思ってたのよ。だからなにも言わなかったんだけど……」

そこまではくぐもった声で言った加奈子だったが、もうこらえきれないというようにプッと吹きだして、あとは笑いながらの話になった。

「でも、マジ悲惨だったよお。セッちゃんだけぜんぜん違うフリで踊ってるじゃん、ああいうのって、全員で組んで踊るとそれなりにカッコいいけど、一人だけだとタコ踊りみたいなんだもん」

セッちゃんも途中で振り付けが変わっていることに気づいた。だが、左右をきょろきょろ見ながらワンテンポずつ遅れて手足を動かす姿はなおさら滑稽《こっけい》で、クラスのみんなはもちろん、体育の教師まで笑いだしてしまった。

「あたし思うんだけどさ、振り付けが変わったのを知らなかったのはセッちゃんの責任じゃないわけじゃん？　だったら最後まで元のフリでやればよかったんだよ。で、あとで先生に事情を話せばいいんだと思わない？　あんなふうに必死こいてまわりに合わせるのって、なーんかさあ、みっともないっつーか、プライドないっつーか、哀れだよね。それでさあ、体育の授業終わったあとも……」

雄介は「もういいよ、やめろよ」と話をさえぎった。

セッちゃんの悲しさや悔しさより、それを万が一知ったときの彼女の親が抱くはずの悲しさや悔しさのほうが、胸に刺さった。我が身に置き換えてみると、目をきつくつぶってその場を転げまわりたくなってしまう。

「おとうさんは、そういういやな話、聞きたくないんだ」

加奈子をまっすぐ見つめ、少し強く言った。和美も横から「そうよ、もう、うんざり」とにらむ。

だが、加奈子は悪びれた様子もなく「だって、それが現実だもん」と返した。

ゲンジツという濁った音が、雄介の耳にざらりとさわった。

「なに言ってるんだ。セッちゃんのこと、かわいそうじゃないのか」

「かわいそう、かなあ……」首をかしげる。「同情とかって、ほんとは残酷なんだ、ってよく言わない？」

「カナ」――和美の声がとがる。

「だってそうじゃん」

和美は「ちょっと」と気色《けしき》ばんだが、雄介は目で制した。

少し間をおいて、加奈子は言った。

「みんな、セッちゃんのこと、いじめてるわけじゃないよ。嫌ってるだけだもん。いじめは悪いことだけど、誰かを嫌いになるのって個人の自由じゃん。『いじめをやめろ』とは言えるけど、『あの子を嫌いになるな』なんて言えないでしょ」

雄介と和美を交互に見て、つづける。

「嫌いだから、振り付けが変わっても教えなかったの。嫌いだから、笑うの。嫌いだから、シカトするの。しょうがないでしょ、それ。先生とかに無理やり『セッちゃんとしゃべりなさい』って言われて、内申とか怖いからしょうがなしにしゃべっても、セッちゃんを嫌いだっていうことは消せないじゃん。で、嫌いなのに嫌いじゃないふりして付き合うのって、セッちゃんだっていやだと思う。だって、もうわかっちゃってるんだもん、自分がみんなから嫌われてるって。表面だけダチみたくなっても、セッちゃんも消せないよ、そこは」

一息に言った。途中から声はどんどん高く、早くなり、しゃべり終えると興奮を冷ますように大きく息をついた。

雄介と和美は黙りこくった。納得したわけではなかったが、返す言葉が出てこなかった。

加奈子は腰を浮かせながら、教え諭《さと》すような顔と声で言った。

「だからね、はっきり言って、セッちゃんもそれを受け入れたほうがいいと思うわけ。いまの自分の現実っていうか、みんなから嫌われてるってことを認めたほうが楽になるじゃん。もう、しょうがないよ。謝ったりすがったりするのって、みっともないし」

立ち上がり、あくび交じりの伸びをする。

雄介は、まだなにも言えない。言いたいことはある。だが、それがうまく言葉にまとまってくれない。和美も同じなのだろう、息を吐く音だけ、やけに大きく聞こえた。

「ひとを好きになったり嫌いになったりするのって、個人の自由だもん」

加奈子は最後にそう言って、雄介と和美の返事がないのを確かめてから、「じゃ、おやすみ」とリビングを出ていった。

コジン。ジユウ。また耳にざらついた。

「……屁理屈《へりくつ》ばっかり言っちゃって、ほんと、生意気なんだから」

ふくれつらで言う和美のほうが加奈子よりこどもに見えてしまったのは、なぜだろう。

運動会の前夜になって、加奈子は急に「おとうさんもおかあさんも、明日来なくていいよ」と言いだした。両親が仕事や用事で見に来られない一年生といっしょにお弁当を食べなければいけないのだという。

「あとさあ、徒競走、サイテーの組み合わせで、みんな足速いのよ。もうぜったいビリ決定だから、あんまり見られたくないっていうか、恥ずかしいじゃん、だから、ね、もういいじゃん、お弁当いっしょに食べられないんだったら来ても意味ないし、カッコ悪いところ見せたくないし。来年に期待してよ、ね」

テンポよく言う加奈子の言葉に、雄介はつい「わかった」と答えてしまったが、運動会を楽しみにしていた和美は不満そうに「一年生の子と食べるのって、カナちゃん一人だけなの？」と訊《き》いた。

「一学期のクラス委員の子は、いちおうみんな先生に声をかけられたみたい。みんなは断ったんだけど、まあ、一年生の子も寂しいじゃん、やっぱ」

「でもねえ……」

納得しきらない顔でうなずいた和美は、「あ、そうか」と声をはずませて加奈子に向き直った。「ねえ、それ、生徒会の選挙のテストなんじゃない？」

「はあ？」

「だって、一年生の面倒も見られないようじゃ生徒会なんてできないじゃない。運動会終わったら、すぐ選挙でしょ、先生はそうやって向き不向きをテストしてるのよ。どう？　その可能性あるんじゃない？」

ミステリードラマの名探偵みたいに得意げに、勢い込んで言う。

だが、加奈子は「ないよ、そんなのぜんぜん」とそっけなく返した。

「だって、保護者会のときも原先生言ってたわよ、カナにすごく期待してるって、立候補すればぜったい当選するって」

「そんなの関係ないよ、せんせーが勝手に言ってるだけじゃん」

「女子の生徒会長って、創立以来初めてなんだってね」

「知らないってば！」

不意に、声がとがった。雄介が驚いて顔を上げる間もなく、加奈子は「あたし、立候補なんかしないもん」と声をさらに強めて席を立ち、そのままリビングを出ていった。

「とにかく、明日は来なくていいからね」

リビングのドアを閉める音と同時に、言った。「来なくていい」のではなく「来ないで」と封じるような響きだった。

雄介と和美はそれぞれ、きょとんとした顔を一瞬ゆがめ、タイミングを合わせたように苦笑いを浮かべた。

「まあ、ね、難しいよねえ」と和美が言った。

「中学生だからなあ」と雄介は返す。

いつもの、かたちだけの決まり文句だった。

沈黙が重さにならないうちに、雄介は「風呂《ふろ》、入ろうかな」、和美は「明日のごはん研《と》いどかないと」、どうでもいいことをどうでもいい口調でひとりごちて、その夜の一家団欒《だんらん》の時間は終わった。

## 3

加奈子は秋晴れの陽射《ひざ》しを浴びるグラウンドの真ん中で立ちつくしていた。ダンスの輪から、一人だけ、はじき出されていた。

「ちょっと、やだ……」

和美はうめき声で言って、かたわらの雄介の袖《そで》をつかんだ。

「振り付け、ど忘れしたのかなあ」と笑う雄介の声も裏返りそうになった。

激しいリズムとうねるようなメロディーの音楽に乗って、加奈子以外は皆、手をつないだり脚を上げたり、しゃがんだり跳んだり、走ったり止まったりと、流れるように踊っている。加奈子は泣きだしそうな顔できょろきょろと左右を見まわし、肩をすぼめ、顎《あご》をひいて、その場で小さく跳ねる。無意味に、けれどそれしかできないのだというふうに一所懸命跳ねる。

雄介は呆然《ぼうぜん》と加奈子を見つめた。目をそらしたかった。自分より、むしろ加奈子のために。だが、まなざしはグラウンドに吸い寄せられたまま、どうしても動かない。

「ねえ……なんなの？　これ、どういうことなの？」

和美の声が波打つ。雄介はなにも答えられない。喉《のど》がすぼまって、ひどく息苦しかった。

「ど忘れなんかじゃないわよ、ぜんぜん踊れないじゃない、おかしいって、ぜったいおかしいと思わない？」

袖を強く揺さぶられた。

「あの子……だからあんなこと言ったのよ、ゆうべ。変だと思ってたのよ、なにかあると思ってたのよ……」

考えすぎだ。雄介はまた笑おうとしたが、今度は、頬はこわばったまま動かなかった。

加奈子の話を疑っていたわけではない。軽い気持ちでグラウンドに来た。運動会の代わりにデパートに出かけることにしていた。学校が通り道にあるので、プログラムで確認して、せっかくだから創作ダンスだけ見ていこうということになった。「約束破るとカナに怒られるかもな」と、ちょっとしたイタズラを仕掛けるような気持ちで観客席の最後列に座ったのだった。

加奈子は飛び跳ねるのをやめた。まわりが静かな踊りになったからだ。隣の子がゆっくりと腕を動かすと、ワンテンポ遅れて、加奈子もおずおずとそれを真似《まね》る。セッちゃんと同じだった。滑稽で、ぶざまで、かなしい姿が、何日か前に加奈子が話していたセッちゃんの姿に重なってしまう。

「なあ、セッちゃんって子、どこなんだ?」

雄介は和美を振り向いて訊いたが、和美はうわずった声で「さあ……」と返すだけだった。

エンディングにさしかかった。全員が一点に向かってダッシュして、円形のスクラムを組む。加奈子はみんなから遅れてスクラムに合流したが、どこにも入れない。一人だけスクラムの外から、かたちだけみんなと同じように中腰になって、誰にもつながらない両手を広げた。

音楽が止まり、スピーカーから「プログラム九番、二年生女子の創作ダンスが終わりました」と女子生徒の声が響き渡る。

雄介は和美の手をひっぱって観客席から離れた。加奈子の顔を見たくない。両親がいることに気づいた瞬間の顔を、見たくなかった。学校の外に停めた車に向かって、立ち止まることなく足早に歩いた。和美は何度も後ろを振り返っていたが、そのたびに手を強くひいた。

「緊張して、頭の中が真っ白になっちゃったんだ」

歩きながら言った。「俺もよくあったよ、ガキの頃」と付け加えて、こわばった頬を必死にゆるめた。

和美は黙って雄介の手を振りほどき、足を止めた。

「どうした？」

「……わたし、もうちょっとカナの様子、見てみる」

「やめとけ」

「カナに訊いたりしないから、遠くから見るだけだから」

「やめろ、そういうの、よくないって」

「だって、このままだと、カナが帰ってきても、どんな顔していいかわからない」

和美は踵《きびす》を返し、グラウンドに駆け戻っていった。

雄介は呼び止めなかった。和美の気持ちは痛いほどわかる。そして、和美のようにはできない自分のことを、少しずるい、と思った。和美の背中が人込みに消えるまで見送ってから、車に向かって歩きだした。逃げる足取りだと自分でも認めた。


和美は夕方の早いうちに帰宅した。ぐったりと疲れきっていた。加奈子がまだ帰っていないことを確かめると、倒れ込むようにソファーに座り、肩で息をついた。

「ぜんぶ、嘘《うそ》だった」

ぼんやりと虚空《こくう》を見つめ、低い声で言う。

クラス担任の原先生は、昼休みに一年生と弁当を食べる話を聞くと怪訝《けげん》そうに首をかしげ、「高木さんが自発的にやってるんじゃないですか？　学校側はそんなこと言いませんよ」と答えた。

セッちゃんという転校生も、いない。先生はきょとんとした顔で「はあ？」と返すだけだった。

「おい、そういうの、先生に……」

雄介が口を挟むと、和美は目を合わせないまま「だいじょうぶだってば。さりげなく訊いたから、先生もべつにカナがどうとかは思ってないみたい」と答え、ため息交じりに「それよりね」とつづけた。

原先生も創作ダンスのことが気になって、生徒席に戻った加奈子に声をかけたのだという。加奈子は屈託なく笑って、「ど忘れしちゃったんです」と答えた。原先生はそれで納得して、「本人も、もう一回やれたら今度は完璧《かんぺき》なのに、って悔しがってましたよ」と和美に伝えた。

「あなたの言ったとおりよ。頭の中が真っ白になっちゃったんだね、あの子」

和美はつまらなそうに笑った。

雄介は黙って舌を打つ。頭の片隅に少しだけ残っていた「ひょっとしたら」の可能性が、皮肉な話だ、加奈子がそう口にしたことで、粉々に砕け散ってしまった。

和美はゆっくりと息を吸い込み、吐き出した。唇か喉がひくついているのか、ひゅう、と細く頼りなげな息の音が聞こえた。

昼休みにグラウンドを一周したが、加奈子の姿はどこにもなかったという。仲良しの美紗《みさ》ちゃんや早紀《さき》ちゃんは別の友だちといっしょに弁当を食べていた。

「親と食べてる子って珍しかったわよ、そういうところ、ウチって子離れができてないんじゃない？」和美はまたつまらなそうに笑って、初めて雄介の顔を見た。「いまから言うこと、気のせいだと思うから、本気で聞かなくていいからね」

「……わかった」

「美紗ちゃんたちがごはん食べてるところに、別の子が二、三人で来たのよ。ちょっと悪そうな女の子。しゃべってる声、聞こえたの、あいつ教室で一人で食ってたぜ……で、美紗ちゃんが、ちょーみじめじゃんって……わかんないよ、それ、ぜんぜん考えすぎだと思うんだけど、とりあえずね、そういう……」

消え入りそうになった声に、玄関のチャイムが覆《おお》いかぶさった。

和美の顔がゆがむ。

「なにも言うなよ」雄介は短く言った。「知らん顔してるんだ」

ドアが開く音につづいて、「ただいまあ！」と加奈子のはずんだ声が聞こえた。

和美は答えない。雄介を見つめ、泣きだしそうな顔で首を何度も横に振る。雄介は小さくうなずき、下腹に力を込めて「おう、お帰り」とせいいっぱいの声を玄関にかけた。

加奈子はスポーツバッグを提げてリビングに入ってきた。

「今日、げろ暑かったあ、死にそう」

校章入りのジャージの上着を脱いでTシャツ一枚になり、「おかあさん、ジュースジュース」と甘えた声で言った。昨日まで——いや、今朝「行ってきまーす」と家を出たときと、なにも変わらない。

和美は黙ってキッチンに立ち、冷蔵庫のドアを開けた。

雄介はゴルフ中継のテレビに目をやった。中年の——だから同世代の選手が、かんたんなパットをはずした。

加奈子はソファーに座り、掌《てのひら》で顔に風を送りながら言った。

「まいっちゃったよお、今日」

「……なにが？」——キッチンから、かがんだ体を冷蔵庫のドアに隠して和美が訊《き》く。

「セッちゃん。もう、サイテー、ちょーみじめ。ダンスの振り付けが変わったの、またあの子だけ教えてもらえなかったんだよ」

雄介はテレビを見たまま「ふうん」と喉を絞って返し、いやこれじゃだめだと思い直し、「へえ、なんだよ、それ、ひってえなあ」とおおげさに笑ってみせた。

「ひどいよねえ」加奈子も笑う。「体育委員、なに考えてんだろ」

和美はまだ冷蔵庫のドアに隠れていた。

「でね、セッちゃん、困っちゃったわけよ、もう、パニクっちゃって、その場でぴょんぴょん飛び跳ねたの。あたしも参加してるんだぞ、これがあたしの振り付けなんだぞ、最初からそう決まってるんだぞ、って。人間、追い詰められるとなにするかわかんないよねえ」

加奈子は笑う。けらけらと笑う。「ねえ、おかあさん、ジュースまだあ?」と笑いながら言う。

ペットボトルが、キッチンの床に落ちた。

4

原先生は最初、「そんなことはないですよ、高木さんにかぎって」と笑って取り合わなかった。和美がセッちゃんのことを伝えても、「まあ、女の子は空想の世界が好きですからねえ」と、あまり深刻にとらえている様子はない。

「だいいち、彼女、生徒会の選挙にも立候補してるんですよ? もしいじめに遭《あ》ってたとしたら、ふつう立候補なんてしないでしょ?」

立候補の話は初耳だった。あの夜、加奈子が不意に怒りだして以来、雄介も和美も選挙のことは口にしないようにしていた。というより、運動会のあとは二人の口数じたいが極端に減っていた。

リビングでは加奈子一人、しゃべりどおしだ。セッちゃんのことばかり話す。セッちゃんがいかにクラスのみんなから嫌われているか、いかにかなしい思いをしているか、それを話しておかなければ一日が終わらないというように身振り手振りを交えてしゃべる夜が、もう十日もつづいていた。

「会長候補は高木さん一人ですから信任投票のかたちになるんですが、もう当選は決まりですよ。我々もホッとしてるんです。去年なんか、担任が手分けして自分のクラスの生徒に電話をかけて、やっと立候補の頭数だけ揃《そろ》えたようなありさまだったんですから」

あまり神経質にならずに放っておいたほうがいい、とも先生は言った。学校でも気をつけて見ておきますからご心配なく――いかにも、とってつけたように。

和美からその話を聞いた雄介は、憮然《ぶぜん》としてため息をついた。「ひとごとみたいに言いやがって」と吐き捨てて、ついさっきまで加奈子が座っていたソファーのくぼみに目をやった。

「でもねえ……」和美がぽつりと言う。「先生の言うことも、なんとなくわかるの。もしもよ、万が一、カナがいじめられてるんなら、わざわざ自分から目立つようなことしないと思うのよ」

それは、雄介にもわかる。だが、逆に、筋道が通っているからこそ不自然に感じられないこともない。あの夜「立候補なんかしないもん」と言ったときの加奈子の顔は、冗談を言ったり照れたりしているようには見えなかった。眉間《みけん》が痛くなるくらい記憶を深くたどっていくと、そのとき加奈子は目に涙を溜《た》めていたようにも思えてしまうのだ。

「とにかく、もうちょっと様子を見るしかないわよね」

「うん……」

「短気起こさないでよ、お願いよ」

「わかってるよ」

いつも喉元まで言葉が出かかっている。セッちゃんって誰だ、そんな子どこにもいないじゃないか、おとうさん知ってるんだぞ、ぜんぶ知ってるんだぞ、いじめられてるのか、誰にだ、なんでだ、どんなことされてるのか、ぜんぶおとうさんに言ってみろ……。

訊けばいい。訊いてしまえば、こんなにもやもやした思いを抱え込まずにすむ。それが雄介の言いぶんだった。

だが、嘘がばれたときの加奈子がどうなってしまうのかが怖い、と和美は言う。どちらが正しいのかは、雄介にはわからない。和美は「あなたは自分が楽になりたいだけなんじゃない」となじるように言う。雄介も認める。身勝手なのだと思う。それでも、嘘を守ってやることが加奈子のためになるのかどうかは、やはり、わからない。

雄介はソファーからテレビに目を移した。最近、加奈子はテレビドラマを本気で観《み》なくなった。もう、休み時間にゆうべのドラマについておしゃべりする友だちは一人もいなくなったのだろうか。

加奈子はいま、自分の部屋でなにを思っているのだろう。頭を抱え込んでいるのか。震えているのか。セッちゃんと話しているのか。セッちゃんといっしょに泣いているのか。安普請《やすぶしん》のマンションのドア一枚、壁一枚で隔てられた娘の部屋が、こんなにも遠くなってしまった。

加奈子は生徒会長に当選した。

「当然つーか、他に誰も立候補してないんだから、不戦勝ってやつ？　だから、あんまり嬉《うれ》しいって感じじゃないんだよね」

苦笑いを浮かべる顔は、少し痩《や》せた。

話し相手は和美に任せ、雄介は遅い夕食もそこそこに風呂《ふろ》に入った。湯舟に浸《つ》かり、長く尾をひく息を吐くと、鼻と瞼《まぶた》の奥がぼうっと熱くなる。

夕方、和美から会社に電話がかかってきた。ついさっき原先生から連絡があった、と。

先生は「おかあさんのおっしゃるとおりかもしれません」と、初めていじめを認めた。

たしかに加奈子は信任投票で当選した。しかし、投票用紙に不信任の×印をつけた生徒が三十人近くいた。ワープロで印刷された加奈子の名前の横に「ムカつく」「嫌われ者」「オヤジキラー」「死ね」と落書きした用紙もあったらしい。

さらに先生は「いまにして思うことですけど」と前置きして、ふつうは同級生や部活の友だちがつとめる応援演説を加奈子は一年生に頼んでいたということや、選挙ポスターに靴で踏んだ跡があったことも伝えた。そもそも、全部で五枚つくるポスターを加奈子はすべて自分一人で描いていたのだという。

「顔がなかったんだって、加奈子のポスター。字だけなの。書記や会計に立候補した子は似顔絵描いたり、プリクラ貼《は》ったりしてるのに……そういうのも、先生、やっぱりちょっと気になってた、って」

頭から浴びる熱いシャワーの水音に、電話で聞いた和美の声が重なる。髪を洗う。かきむしって洗う。シャンプーの泡が目に入って、ひどく滲《し》みた。

5

雄介は、毎晩遅く帰るようになった。さほど急ぎでもない仕事で残業し、そうでないときは若い同僚を誘って酒を飲んだ。同年代の人間とは飲みたくなかった。酔って、子供の話になるのがいやだった。

家に帰り着くのは日付の変わる頃。外廊下に面した加奈子の部屋の明かりが消えているとほっとする。リビングも真っ暗だともっとほっとするのだが、和美はいつも起きている。雄介の帰宅を待ちかまえている。一人で泣いていることも、たまにある。

加奈子は、いつのまにかセッちゃんと仲良くなっていた。

「だって、かわいそうだもん、いつもひとりぼっちで。あたしだけでも友だちになってあげないと、あの子、自殺しちゃうかもしれないもん」

「自殺」という言葉を聞いた瞬間、心臓が止まりそうになった、と和美は言う。

付き合ってみると、セッちゃんはすごくいい子だったらしい。

「前の学校で、ずーっとクラス委員やってたんだって。あたしみたいなタイプなんだね。転校しなかったら向こうで生徒会長になってたって、ちょー悔しそうに言うの」

親友に、なった。

「似たものどうしだもん。類は友を呼ぶってやつ？　趣味とか興味のあることとか、なんか似てるんだよね、あたしとセッちゃん」

嬉しそうに笑う。

そんなときの加奈子は、なにも見ていない。目はこっちに向いていても、まなざしが来ない。それが怖くてたまらない、と和美は泣きながら言う。

十一月半ばの日曜日、加奈子は昼前に起きてきた。週明けにおこなわれる実力テストに備えて、ゆうべは遅くまで勉強していた。

朝昼兼用の食事をとりながら、「今日、友だちと勉強してくるね」と言う。

「友だちって、誰だ？」と雄介が訊き、「セッちゃん？」と和美が訊いた。

「そう」

加奈子は間をおかずに答えた。「図書館で勉強する約束したの」と、軽く、ごくあたりまえの口調で。

和美は「あ、そうなの」と返した。受け答えには少し不自然な長い間が空いていたが、加奈子は気に留める様子もなく、トーストを頬張って「セッちゃん数学が得意だから、教えてもらおうと思って」と言う。

雄介はとっくに読み終えていた朝刊を開き、不動産広告に出ている家族の写真を見るともなく見て、言った。

「なあ、カナ」

「なに?」と加奈子の声が返り、まなざしは和美がよこした。

「あのさ……セッちゃんっていう子、今度ウチに遊びに来てもらったらどうだ?」

返事はない。

和美が息を呑《の》むのがわかった。

加奈子は紅茶を一口飲んで、「あー、苦しかった、パン、喉《のど》につっかえちゃって」と笑い、雄介に向き直って「そうだね」と言った。

「なんだったら、今日でもいいぞ」

ひらべったい声――代わりに、新聞を持つ手がかすかに震えた。

加奈子はさっきと同じように軽く「じゃあ、都合、訊いてみる」と言った。「どうせ待ち合わせの時間も決めなきゃいけないから、ちょっと電話してみるね」

コードレスの受話器を持って、小走りに自分の部屋に向かう。

雄介は黙って新聞をめくる。「やめてよ、あなた……」と和美が言ったが、聞こえないふりをした。

「カナを追い詰めないでよ、ねえ、あなた親なんでしょ？　残酷なことしないでよ」

追い詰めるんじゃない、引き戻すだけだ、と心の中で返した。親だから、それをやらなければいけないんだ、とも。

「誰と電話してるんだろう、あの子」

「受話器を持ってって、それで終わりじゃないのか？」

「だって、ランプ点《つ》いてるわよ」

電話機のパイロットランプが、通話中を示す赤になっていた。

怪訝《けげん》な顔を見合わせていると、やがて廊下から加奈子の声が聞こえてきた。部屋を出てこっちに向かっているのだろう、声はしだいに大きくなる。

「冗談やめてよ！　あんたって、ちょー身勝手、信じらんないよ」

片手に受話器を持ち、片手でドアを開けて、リビングに戻ってきた。電話の相手の言葉に「うん、うん」と返す声は不機嫌そのものだった。

「わかった、セッちゃん、あんた、だから嫌われるんだよ」

雄介と和美の前を素通りして、ベランダに面した窓の前に立ち、外を眺めながら話をつづける。「だって、あんたってエラソーじゃん、いばってんじゃん」

雄介は自分の膝《ひざ》を鷲摑《わしづか》みにした。加奈子の手から受話器をむしり取りたい衝動を、懸命にこらえた。いや、その前に、耳を両手でふさいでしまいたくなるのを。

「はっきり言うけど、セッちゃん、サイテー。マジ、死んだほうがいいんじゃない？じゃあね」

加奈子は受話器を耳から離し、いまいましそうなしぐさで通話ボタンを切った。

「おとうさん、ごめーん、セッちゃんとケンカしちゃった。今日、図書館は一人で行くから。絶交しちゃったし、もう家に呼べなくなっちゃった」

新聞から目を動かせないでいる雄介に代わって、和美が言った。

「だいじょうぶよ、すぐに仲直りできるって」

加奈子は受話器を電話機に戻して、「まあね」と笑った。

加奈子がまた自分の部屋にひきあげたあと、雄介は受話器のリダイアルボタンを押した。

時報が聞こえた。

和美にも聞かせようと受話器を差し出したが、漏れてくる音だけでわかったのだろう、和美はいやいやをするようにあとずさった。

「……もう、だめだよ」

つぶやいて受話器を置く雄介の背中に、和美はすがりついた。

「なんであんなこと言ったのよ、追い詰めないでよ、カナを追い詰めないで、知らん顔してあげてよ、ねえ……」

押し殺した声で言って、背中を何度も叩《たた》く。

雄介は目をつぶり、和美の小さな拳《こぶし》で叩かれるまま、その場にじっと立ちつくしていた。

## 6

雄介と和美が学校に呼び出されたのは、十一月の終わりだった。応接室には、原先生と保健室の先生がいた。

最初に原先生が、クラスの様子を説明した。

いじめにはクラスの女子が全員加わっているらしい。きっかけは、つまらないことだ。夏休み中に誰かが「カナちゃんって生意気だよね」「いい子ぶってるよね」と言いだして、思いのほか「そうそうそう、あたしもそう思う」と同意する子が多く、みんなで陰口を言いつのっているうちに、いじめへとエスカレートしてしまった。

「半分はひがみもあると思うんです。素直で屈託のない子へのやっかみのようなものです。ですから、高木さんがなにかみんなの怒りを買うようなことをやったとか、裏切ったとか、そういうことじゃないんです。それが逆にタチが悪いといいますか……こちらも厳しく指導して、来週には中心になって高木さんをいじめてる生徒の親にも伝えるつもりなんですが……どうも、直接の原因がないというのがですね、たとえば高木さんが謝れば、それでみんなの気がすむかというとそうでもなくて……」

原先生はくぐもった声で言う。自分でもうまく整理がついていないのだろう。だが、雄介は「わかります」とうなずいた。かんたんなことだ。答えはずっと以前に加奈子が教えてくれていた。

「好き嫌いは個人の自由ですからね」

雄介は抑揚をつけずに言った。コジン。ジユウ。舌と耳がざらつく。

「もう、こうなってしまったら、表面だけ仲直りしても、だめでしょうね」とつづけた。

原先生は「いえ、そんなことは……」と困惑顔で返しかけたが、声は途中でしぼんでしまう。

加奈子は一所懸命に自分に言い聞かせていたのだろう。自分を納得させようとして、必死に理屈の筋道を立てていたのだろう。

だって、それが現実だもん——。

いつだったか加奈子が言った言葉がよみがえる。同情は残酷なことだ、とも言っていたと思いだした。

「高木さんは、ひじょうにプライドの高い生徒さんなんだと思います」保健室の先生が言った。「こっちがいくら水を向けても、ぜったいに、いじめのことは認めませんから」

話を引き取って、原先生がため息交じりにつづける。

「生徒会長に立候補したのも、自分の居場所を失いたくなかったからなんだと思います。目立つポジションに立つと、よけい反発を買うかもしれないけど、それでも、いつもみんなのリーダーをつとめる自分を捨ててしまうと、自分の居場所がどこにもなくなってしまうと思ったんじゃないでしょうか」

「生徒会の仕事は、ほんとうに一所懸命やってますよ」と保健室の先生が言い添える。「まあ、学校での様子も、どこまで無理をしているのかはわかりませんが、しっかりしてます。気持ちの強い子なので、乗り越えてくれると思うんですよ、いまの状況も」

ばかだな、と雄介は思う。加奈子はすぐにセッちゃんと仲直りした。「友情って、たまにケンカしたほうが深まるみたい」と嬉《うれ》しそうに、自分に言い聞かせるように、言っていた。

思い浮かべるその日の加奈子の笑顔は、原先生の声でひび割れた。

「たいへん失礼なことを申し上げるかもしれませんが、彼女はご家庭の中でも必死に居場所を失うまいとしたんじゃないでしょうか」

こめかみが、すうっと冷たくなった。

「どういうことですか?」と血相を変えて聞き返す和美を、雄介は手で制した。

ばかだな、と雄介は思う。さっきより、もっとかなしい、ばか。俺たちは、かなしい、愚かな親だ。

「つまりですね……」と言葉を継ぎかけた原先生に、雄介は「わかります」と言った。

和美も今度は黙っていた。

「転校生なんてね、そんなの、すぐにばれるのにね」

雄介が笑うと、原先生も「中学生って、ときどきびっくりするほどこどもなんです」と初めて頬をゆるめた。

そして。

「場合によっては、早めにカウンセリングを受けさせてあげたほうがいいと思います」

真顔に戻った原先生の言葉と同時に、保健室の先生がテーブルにカウンセラーのリストを置いた。


加奈子に見つからないよう裏口から学校を出たとき、六時限めの始まるチャイムが鳴った。すぐに会社に戻れば仕事を何件か片付けることのできる時間だったが、そんな気にはなれなかった。といって和美といっしょに帰宅して、素知らぬ顔で加奈子の帰りを待つのも、つらい。

和美は歩きながらカウンセラーのリストをバッグから取り出して、「へえ、催眠療法っていうのもあるんだ」と言った。

「ねえねえ、昔、コックリさんとかキツネ憑《つ》きとかってマンガであったじゃない。セッちゃんも、そういうものなのかもね」「でも、カナも意外と抜けてるわよね、ずーっと最後までだましとおせると思ってたのかしら」「まあ、中学なんてあと一年ちょっとで卒業なんだし、べつにね、友だちなんてね、どうでもいいのよ」……。

和美はしゃべりどおしだった。うわずった声で、雄介の相槌《あいづち》を待たずに、話はすぐに飛んで、どこにも着地しない。

交差点にさしかかった。まっすぐに進めば駅に向かい、右に曲がれば家に着く。

「じゃあ、俺、会社に戻るから」

和美の顔を見ずに言った。

「こんな日ぐらい、いっしょにいてほしいんだけどね」と和美は言ったが、雄介は「早く帰るから」とだけ返し、青信号が点滅していた横断歩道を走って渡った。

しばらく歩いて振り返ると、もう和美の姿はなかった。

ひどいことばかりしている、と思った。

まだ加奈子がセッちゃんを遠くから見ていた頃、たとえば晩酌のビールに少し酔って、「ウチはカナがなんでもしゃべってくれるから安心だなあ」と口にしたことがなかっただろうか。

かわいそうなことをした——と加奈子に謝り、つらかったんだな、と慰めてやることじたい、残酷なのかもしれない。

駅前商店街をあてもなくぶらぶら歩いていると、小さな民芸品店を見つけた。店の前に立ち止まり、表の通りに面した陳列棚に並ぶ品物をぼんやり眺めた。小さな雛《ひな》人形が何組か並んでいた。和紙でつくったお内裏《だいり》さまとお雛さまが、藁《わら》で編んだ円い舟に並んで乗っている。

『身代わり雛』と名前がついていた。

へえ、と雄介は短く笑い、手に取ってあらためて見つめた。細筆でチョンチョンと点を打っただけの素朴な人形の顔は、すましているようにも見えるし、微笑《ほほえ》んでいるようにも、もしかしたら泣いているようにも、見える。

雛人形は我が家にもある。加奈子の初節句に雄介と和美両方の実家がお金を半分ずつ出して買った、七段飾りの、マンション暮らしには少し不釣り合いな豪華なお雛さまだ。加奈子がまだ幼稚園の頃、その人形を使っておままごとをしたいと言いだして、和美と二人で「とんでもない」と叱《しか》ったことがある。それをいま、悔やむというほど強くはないが、やらせてやればよかったんだよなあ、と思う。

レジ台の奥に座っていた無愛想な顔のあるじに品物を渡し、「変わった名前のお雛さまなんですね」と声をかけた。

「流し雛だよ」

齢《とし》からいえば加奈子のおじいちゃんぐらいのあるじの口調は、顔つきにふさわしいそっけないものだったが、話すことが嫌いではないのか、同じ口調でつづけた。

「雛祭りの日に、川に流すんだ。山陰地方の、山のほうの風習だよ。娘の不幸を、お雛さまにぜんぶ持ってってもらって、それで一年間幸せに暮らせるっていう、そういう人形なんだよ」

「そうですか……」

「『流し雛』なんて名前つけてたって、そんな謂《い》われはいまどき誰も知らないし、売れやしないからさ、わかりやすい名前に変えたんだ」

あるじは話しながら品物を包装し、人差し指一本でレジを打って、「いいかげんだけどさあ」と笑った。

「十一月なのに、もう売ってるんですか？」

「ああ、まあそんな、三月三日じゃなきゃいけないってほどごたいそうなものじゃないし……よく出るんだ、これ。季節はあんまり関係ないな。並べといたら、ぽつんぽつんと買いに来て、こないだ一箱仕入れたんだけど、あともう三つか四つでおしまいだよ」

「女の子が多いんですか？」

「いや、まあ、いろいろだよ。おたくだって、おじさんじゃないか」

雄介がかたちだけ笑い返すと、「おたく、娘さんいるの？」と訊《き》いてくる。ぞんざいな物言いだったが、ムッとするより先に、つい、「ええ」とうなずいた。

「もし体のどこかが悪いんだったら、お雛さまの同じ部分に傷をつけて流したらいい。身代わりになってくれるから。どこの村だったか忘れたけど、そういう習わしもあるんだ」

「どういうふうに傷をつけるんですか？」

「そんなのあんた、なんでもいいんだよ、爪楊枝《つまようじ》で突っついてもいいし、ハサミで切ったっていいし、紙なんだからさ」

代金を支払い、お釣りを待つ間に、考えた。加奈子が傷ついているのはどこだろう。頭だろうか。胸だろうか。心は、体のどこにあるのだろう。セッちゃんは、加奈子の中のどこにいるのだろう……。

# 7

次の日曜日に、家族でドライブに出かけた。

雄介の発案だった。

「そんな話、聞いてないじゃん、眠いよお」とぐずる加奈子をなだめすかして車に乗せた。和美は朝早く起きて、運動会の日にいっしょに食べられなかったぶんも張り切って、弁当をつくった。オカズは加奈子の好物しか入れなかった。

遠出ではない。車で三十分ほどの距離にある川に向かった。雄介が車を運転し、和美は助手席、加奈子は後ろの席で黙って外を見ていた。セッちゃんの話は、このところ出ていない。雄介も和美も学校に呼び出されたことは話していないし、まさか原先生がおせっかいをしたとも思えないのだが、とにかくセッちゃんは消えた。まるで、鈍感な両親がようやく一人娘の危機を思い知らされた、その瞬間を見届けて、あとはよろしく、と立ち去ってしまったように。

渋滞した街なかを抜けて、川にぶつかる一本道に入ったとき、雄介は言った。

「なあ、カナ」

返事はなかったが、ルームミラーの中で目が合った。

「あのさあ……学校であったこと、なんでもかんでもおとうさんやおかあさんに教えてくれなくてもいいぞ」

「なにが？」

「想像するのも、けっこう楽しいんだ。カナは学校でなにやってるのかなあ、勉強落ちこぼれてないのかなあ、彼氏とかできたのかなあ……って、そういうのも、おとうさん、なんか憧《あこが》れちゃうんだよな」

「なにそれ」加奈子はつまらなそうに笑った。「よくわかんないけど」

「おとうさんもよくわかんないけどさ、ナイショの話とか秘密とか、ほんとは楽しいのかもしれないなあ」

ルームミラーから、加奈子の顔が消えた。シートに寝そべったのだ。

雄介は肩から力を抜いて、和美にちらりと目をやった。和美は前を見ていた。雄介の視線に気づいても、顔を動かさなかった。頬を伝い落ちる涙が、陽射《ひざ》しをはじいた。

「疲れたら休んでていいからな、カナ」と雄介は言った。

少し間をおいて、加奈子は寝ころんだまま「だってまだ、近所じゃん」と笑った。

芝生を敷き詰めた河川敷のグラウンドでは、少年野球のチームが試合をしていた。スコアボードを確かめると、三回の裏を終わった時点で十二対九。いま、ショートが平凡なゴロをトンネルし、本塁を狙《ねら》ったランナーは三塁をまわったところで蹴《け》つまずいて転んだ。

「こんなところでお弁当食べるの？」

不服そうな加奈子に、和美が「まだ時間早いから、お昼はもっと景色のいいところで食べようよ」と言った。

「じゃあ、ここでなにするの？」

「ちょっとな、こないだおもしろいもの買ったんだ」と雄介が言う。

「はあ？」

きょとんとする加奈子に、上着のポケットから出した『身代わり雛』を見せた。

岸辺に向かって歩きながら、民芸品店のあるじから聞いたとおりに由来を伝えた。途中で加奈子が立ち止まったり、踵《きびす》を返したりすることもあるかもしれない。覚悟していたが、加奈子は黙って雄介の話を聞き、差し出した人形も受け取った。

「いまから流そう」

「だって、雛祭りの日に流すんじゃないの？」

「いいんだ」

土曜日の午後、駅前商店街を一人で散歩して、あの民芸品店の前をまた通りかかった。陳列棚に『身代わり雛』はあと一組しかなかった。あるじの言っていたとおり、売れゆきは悪くないのだろう。真夜中の暗い川を流れていく傷のついたお雛さまを思い浮かべ、お内裏さまの胸に傷をつけた小舟もあるのだろうとも思って、そりゃあそうだよなあ、とため息交じりに笑った。

ほんとうは、和美に頼まれていた。もう一組買っといてよ、と。これから何度も流さなきゃいけなくなりそうだし——自分に言い聞かせるように。

残り一組の『身代わり雛』を手にとって、レジに持って行きかけて、やめた。棚に戻し、店の奥であいかわらず無愛想な顔でテレビを観《み》ていたあるじに、気づいてはもらえないだろうと思ったが小さく会釈《えしゃく》をして店を出た。制服姿の女子高生のグループとすれ違った。顔を黒くして、髪の色を抜いて、耳ざわりに語尾を伸ばしておしゃべりをする彼女たちを、たぶん初めてだ、かなしいと思い、いとおしいとも思ったのだった。

格子《こうし》模様のスロープを下りた岸辺には、コンクリートブロックが並んでいた。水の流れはゆるく、ブロックの隙間《すきま》の水面にはゴミや油も浮いていたが、かまわない、流れていけばいつかは海に着く。

「でも、なんか、もったいなくない？　けっこうかわいいじゃん、この人形」

加奈子はお雛さまを舟からつまみ上げて、「マジもったいないよ」と言った。

「だから身代わりになってくれるんだよ。捨てたいような人形に身代わりになってもらうのって、なんか悔しいもんな」

「……ふうん」

小さくうなずく加奈子から目をそらし、中洲《なかす》のそばの浅瀬に群れる鳥を眺めて、雄介は言った。

「流されても、持ち主の子が元気になってくれれば、人形は嬉《うれ》しいんだよ」

鳥がまた一羽、身震いするように翼を動かして浅瀬に舞い降りた。

和美はコンクリートブロックの上にしゃがみこんだ。

加奈子は首をかしげながら、掌《てのひら》に載せたお雛さまをじっと見つめる。横顔が、ふっとゆるんだ。

「あのね、カナ……」

和美が後ろから声をかけたが、言葉はつづかなかった。

「言ってなかったっけ？」――加奈子の、軽い声。

「セッちゃんってさあ、また転校していっちゃったんだよね」と同じ口調でつづけ、さらに軽く、ゴム風船を宙に放すように「べつにいいけど」と笑う。

雄介は息をゆっくりと吸い込み、吐き出して、また吸って、言った。

「カナ、流そう」

加奈子は黙っていた。雄介も、もうなにも言わない。下流に掛かった鉄橋をオレンジ色の電車が渡り、その音に驚いたのか、浅瀬の鳥はあらかた飛び立ってしまった。電車が見えなくなると河原はまた静かになったが、鳥は淡い雲の散った空の、どこに消えてしまったのだろう。

「おとうさん」

加奈子はお雛さまの帯のあたりを指で撫《な》でながら言った。

「なんだ?」

「傷、つけなくてもいいよね? かわいそうだもん、こんなにきれいなのに」

「ああ……かまわない」

「流しても、いじめ、止まんないよ? そんなに現実、甘くないもん」

ゲンジツを、やわらかい響きで言えるようになった。それでいい。

「現実は厳しいんだよ、おとなもこどももも」と雄介は笑いながら加奈子から離れ、しやがんだままの和美に目配《めくば》せして、二人でスロープを上った。

途中で和美の手をとった。強く握った。芝生の河川敷に戻ってからも、手を離さなかった。グラウンドから歓声が聞こえる。鳥が二羽、翼の先を触れ合わせるようにして浅瀬に戻ってきた。

加奈子はコンクリートブロックを伝い歩いて、川の流れのすぐそばまで行った。舟を、浮かべた。

流れていく。

赤い着物のお雛《ひな》さまと黒い着物のお内裏さまが、寄り添ったまま、ときどき左右に揺れながら、流れていく。

加奈子は舟のあとを追って歩きかけて、立ち止まった。

「カナ！」

和美が涙声で呼んだ。

加奈子は河川敷を振り仰ぎ、まぶしそうに目を細めて、また川に向き直った。遠ざかる舟に、バイバイと両手を振り、その手をゆっくりと戻して、顔を覆《おお》った。

# カーネーション

発車間際《まぎわ》の快速電車に乗り込んだとき、たしかに視界の隅に赤いものがちらりと見えた。網棚だ。小さな、赤い、なにかはわからなかったが、どこかしら懐《なつ》かしい赤だった。

電車は込み合っていた。日曜日の夕方だ。家族連れが多い。誠司《せいじ》はドアの脇《わき》のスペースに立って網棚に目をやってみたが、そこが平日の電車と日曜日の電車とのいちばんの違いだろう、網棚にはデパートや結婚式場の紙バッグ、リュックサックやスポーツバッグがぎっしりと並び、さっきの赤いものは角度が悪くて見つけられなかった。

電車は沈む夕陽を追いかけるかたちで、都心から西へ進んでいく。日がずいぶん長くなった。五月。日曜日。先週までのゴールデンウィークの名残か、電車の中には、やれやれ月曜日からまた仕事か……という声にならないつぶやきが溶けているようだった。

げる。

最初の停車駅が近づいてきた。車内アナウンスが、別の路線への乗り換え案内を告げる。

誠司と連れだって電車に乗った琴美《ことみ》が、ふう、と息をついて言った。

「やっぱり、次で降りるわ」

誠司は黙って小さくうなずく。そのほうがいい、とは思わない。だが、無理に終点まで付き合わせたくはない。

「悪いけど、これ、渡しといてくれる?」

琴美はデパートの紙バッグを差し出した。中にはリボンをかけた包みが二つ。誠司の子供たちへのプレゼントだった。赤いリボンが小学五年生の裕子《ゆうこ》へ、青いリボンは小学二年生の俊輔《しゅんすけ》へ。どちらも琴美が選んだ。「はじめまして」の挨拶《あいさつ》とともに彼女が手渡すことになっていた。そして、もしも子供たちがすんなりと琴美を受け入れてくれるようだったら、誠司は「お父さん、このひとと再婚しようと思うんだ」と切りだすつもりだった。

「まあ、君のこともそれとなく話してるし、裕子も『再婚すれば?』なんてたまに言ってるから、だいじょうぶだと思うけどなあ」

ほんの少しの未練をにじませて誠司が言うと、琴美は「どっちにしても今日はだめよ。最悪の日だって思いだしたから」と返した。

「なにが？」

「だって、今日……」

琴美はそこで言葉を切り、ため息をひとつ挟んで、「母の日だもん」と細い声で言った。

ああそうか、と誠司も思いだす。すっかり忘れていた。今日は五月の第二日曜日——母の日だった。

電車はスピードをゆるめて駅の構内に入った。ポイントを通過したとき、大きく左右に揺らぐ。両脚を床に踏ん張って体を支えた誠司の視界を、また網棚の赤いものがよぎった。

いや、もうそれは「赤いもの」ではない。はっきりとわかった、真紅のカーネーションだった。一輪だけ、ラッピングフィルムにくるまれて、旅行カバンとノートパソコンの箱の間に置いてある。

「裕子ちゃんと俊輔くん、カーネーションを毎年買ってるの？」

「ああ、白いやつだけど」

「どんな気持ちなんだろうね、花屋さんで白いカーネーション買うのって」

「五年もたってるんだから、お彼岸に花を買うのと同じだよ」

「でも……」

琴美の言葉は途中でしぼんだ。誠司もなにもつづけず、ただ何度かうなずいた。

沈黙のなか、電車はホームに滑り込んで停まり、ドアが開いた。

琴美は「じゃあ、また」と無理に笑って電車を降りた。

誠司もつくり笑いを返し、軽く手を振って、人込みにまぎれる琴美の背中からそっと目をそらした。

五年もたってるんだから――ついさっき口にした言葉を声に出さずになぞって、けっきょくそれは自分に言い聞かせていた言葉だったのだと知った。

妻はガンで逝《い》った。葬儀の日、三歳になったばかりの俊輔は寺の境内をはしゃいで走り回っていた。幼稚園の年長組の裕子は、祭壇に飾られた母親の写真をきょとんとした顔でいつまでも見つめていた。そんな二人の心に、母親の記憶がどこまで残っているかは、わからない。確かめるのが少し怖い。「もうだいじょうぶだよ、ぜんぜん忘れちゃった」と答えたなら、きっとホッとするだろう。けれど、あとでたまらなく寂しくなってしまいそうな気もする。

電車が走りだす。窓の外を流れる風景に、動かない自分の顔がうっすらと映り込む。

おまえはどうなんだ？　もう忘れたのか？　窓に映る自分に訊《き》いた。わざと冷たく、責めるようににらんで。

三年前なら再婚など考えもしなかった。三年後なら、ためらいなく新しい人生へ足を踏みだせるかもしれない。五年後ならもっと、十年後ならさらに……。

きりがないよな。誠司は苦笑いを浮かべ、立っている乗客の隙間《すきま》をすり抜けて、網棚のカーネーションを眺められる場所に移った。

＊

カーネーションの赤い花を見たくない、ただそれだけの理由で、聡子《さとこ》は手に持った携帯電話から目を離さず、短いメールを発信しつづけた。

ちょーイヤミじゃん。口の中のグミを飲み下して、青リンゴの香りのため息をつく。向かい側のシートに座った誰が網棚に置いたのかは知らないが、腹が立ってしかたない。もしもカーネーションの持ち主がわかったら、「あんたさあ、花ぐらい自分で持ってなよ、網棚とかに置くと見てるほうが邪魔くさいじゃん」と文句をつけてもいいほどだ。

ちょっとでも気を抜くとヤバい、ぎりぎりの長さのミニスカートで、今日も渋谷をぶらついた。「遊ぶ」というほど楽しくはなかった。暇をつぶした、それ以上でも以下でもない、いつもの日曜日。母の日だということは知っていた。シカトだよそんなの、と最初から決めていた。

出がけにリビングを覗《のぞ》いたら、母親は『笑っていいとも！　増刊号』を観《み》ていた。ソファーがあるのに床に直接座り込んで、テーブルにミニペットボトルのお茶と袋入りのスナック菓子を並べ、聡子に気づくと「車に気をつけなさいよお」と、とんちんかんなことを言って、タモリのベタなギャグに声をあげて笑った。ブラジャーの線がくっきり浮いたニットのサマーセーターの模様は、去年よりひとまわり横に広がったように見えた。

「行ってきます」は言わずに家を出た。「ただいま」も、たぶん言わないだろう。母親の「行ってらっしゃい」もなかった。「おかえり」だって、たぶん。

嫌い――とは思わない。「好き」と「嫌い」のどちらかを選べと言われたら、母親のことは「好き」だ。髪を脱色し、眉《まゆ》を細くした、お約束の「いまどきのジョシコーセー」の娘のせいで母親がご近所に肩身の狭い思いをしていることも、ちゃんとわかっている。ごめんね、と喉元《のどもと》まで出かかることも、たまにある。

でも、カーネーションあげるのって、やっぱ、違う。なにも表示されていない携帯電話の液晶ディスプレイを見つめて、小さくうなずいた。なにがどう違うのかはうまく言えないけれど、とにかく違う、カーネーションは「なし」、それだけは、はっきりとわかる。

電車が駅に停まる。網棚のカーネーションのそばにいた客が何人か降りたが、誰も花は取らなかった。

聡子は携帯電話のボタンを親指で素早く押していった。

〈ゲンキ?〉

ジョグダイアルを適当に回して、メールを送る。

終点までは三十分と少し。次の駅で誰か持ってけよなあ、と上目づかいにカーネーションをにらんだ。

*

おかしいぞ、これは――と康雄《やすお》が気づいたのは、快速電車が終点までの道程の半ばを過ぎた頃だった。

始発駅を出たときからずっと気になっていた網棚の上のカーネーションが、まだ残っている。網棚のまわりの乗客はほとんど入れ替わって、花の左右に置いてあった旅行カバンとノートパソコンの箱も、すでにない。

途中の駅で降りた誰かが置き忘れてしまったのだろうか。それとも、持ち主はまだ乗っているのだろうか。

康雄は両手で摑《つか》んでいた吊革《つりかわ》を握り直し、指先に体重をかけて、ここからだと斜め上の角度になるカーネーションの赤い花をぼんやりと見つめた。

母の日に初めてカーネーションを買ったのが何年前になるか、いまはもう忘れた。今年五十歳になる康雄だ、いずれにしても結婚をして、子供ができてからだったと思う。母親は、いまの康雄と同じぐらいの歳《とし》だっただろうか。赤いカーネーションは派手すぎて嫌がるかもしれない、と気を利《き》かせて黄色の花を探してプレゼントしたら、母にあきれられた。黄色のカーネーションの花言葉は「軽蔑《けいべつ》」なのだという。

モダンガールといえばいいのか、大正生まれなのに、母はそういうことにはやけに詳しかった。お洒落《しゃれ》で、外を出歩くのが好きで、口うるさいところもあったが、しっかりした人だった。

すべて、過去形になってしまう。それに気づくと、醒《さ》めかけていた酒の酔いが、また頭の芯《しん》の深くまで染《し》みていく。

今年も母の日のカーネーションを買った。病院のそばの花屋で、小さな花束をつくってもらった。赤いカーネーションの花言葉は「哀れな我が心」。数年前にそれを知ったときには、母の日に贈る花には似つかわしくない縁起の悪い花言葉だと思ったものだった。だが、いまは、皮肉なものだな、と苦笑交じりにその花言葉を受け入れるしかない。

母はいつものように康雄に初対面の挨拶をした。狭い病室には、流れない時間が重く降り積もっている。かさついて染みだらけになった母の手の甲をさすり、瞼《まぶた》に貼《は》りついた目脂《めやに》を拭《ぬぐ》ってやって、枕元《まくらもと》の花瓶にカーネーションを挿した。母は「わざわざごていねいにありがとうございます」と嬉《うれ》しそうに言った。今日の康雄は、十年前に亡《な》くなった父親の知り合いになっていたようだ。

言葉はほとんど交わさなかった。「お母さん、今日は母の日なんだよ」――言いたかったが、言えなかった。長男の康雄を筆頭に五人の子供を育てあげた母は、今年、喜寿を迎える。頭と心が現実から離れてしまったまま三年が過ぎて、入院生活は半年になる。

面会時間は三十分にも満たなかった。それ以上一緒にいても康雄が息子に戻ることはないだろうし、不意に「怖いひと」になってしまって、母が大声で泣き叫んで看護師を呼ぶ、そんなことも、ときどきある。

「お母さん、また来るよ」

声をかけると、母はベッドの上にきちんと正座して、「なんのおかまいもいたしませんで」と頭を深々と下げた。「また来るから、それまで元気で」とつづけたが、もう母の視線はカーネーションのほうに移っていた。なぜこの花がここにあるのか合点がいかないみたいに、ほんの少し首をかしげて見つめていた。

病院の帰り、ターミナル駅の地下のレストランで酒を飲んだ。いつもはビールだけですませるのだが、今日はウイスキーも飲んだ。何杯もお代わりした。白いカーネーションの花言葉を思いだしたせいだ。「純愛」。母に教わったのだった、これも。

電車が鉄橋を渡る。揺れが増して、網棚の上のカーネーションが身震いする。

窓の外は、だいぶ暗くなった。ガラスに映り込む康雄の顔は、家族や親戚《しんせき》の誰もが認める、母によく似ている。

*

終点まで残り三駅というところで、やっとカーネーションを正面に見る位置のシートが空いた。

誠司はデパートの紙バッグを胸に抱きかかえて腰を下ろした。立っているときには感じなかった昼間の疲れが、座ったとたん、肩や腰や背中から染みだしてくる。

琴美は、そろそろ一人暮らしのマンションに帰り着く頃だろう。けっきょく空振りに終わってしまった今日一日のことを、彼女はどんなふうに振り返るのだろう。

やっぱり無理にでも子供たちに会わせればよかったかもな――いつも、あとになってから思う。

琴美は三十歳。まだ決して婚期を逃したわけではない。そんな彼女が、妻に死に別れた四十男の「妻」になり、小学五年生と二年生の二人の子供の「母親」になってもいい、と言う。感謝している。申し訳ないとも思う。ほんとうはそんなことを考えてはいけないのだとわかってはいるが、しかし、「愛してる」の前にどうしても「ありがとう」や「ほんとにいいのか？」を付けずにはいられない。

誠司はカーネーションを見つめるまなざしの焦点をずらした。花の赤がぼやけ、にじむ。

五年前――妻にとって最後の母の日に、子供たちは初めてカーネーションを買った。

お年玉の貯金でママにプレゼントした、という名目だったが、幼稚園の年長組の裕子と三歳の俊輔の貯金では、二人が思い描いていたような胸いっぱいの花束はとても買えなかった。誠司は花屋の店員に目配せして一万円札をそっと手渡し、子供たちの話す声を聞いていたのだろう、店員は渡した金額ぶんより一回り大きな花束をつくって、「ママ、早くよくなるといいね」と子供たちの頭を撫《な》でてくれた。

病室に飾られたカーネーションは、淡いベージュ一色に塗られた壁を背にすると、赤の色合いが少し強すぎるような気がした。それでも、妻は痩《や》せこけた頬をせいいっぱいゆるめて喜んでいた。起き上がって花を眺める力は残っていなかった。余命半年と宣告された末期ガンの、四カ月め。入院生活は二度めで、もう我が家に帰ることはできないだろうと覚悟を決めていた。

花は、あっけないほど早く萎《しお》れ、早く散った。

そして、妻のいのちも。

次の年も、その次の年も、母の日のカーネーションは買わなかった、と思う。父親一人で幼な子二人の面倒を見る暮らしは、妻の死を悲しむ暇《いとま》すらないほど忙しく、いま振り返っても、あの頃の日々をどう過ごしていたのか思いだせない。

三年目の母の日、裕子が白いカーネーションを一輪だけ買ってきた。ブラウスの胸ポケットに花を挿して、「ブローチみたい」と笑った。ブラウスの襟や袖《そで》にはきちんと折り目がついていた。裕子が自分でアイロンをあてた。裕子は小学三年生になり、俊輔は幼稚園の年長組になっていた。

「ねえ、パパ、いいひといれば再婚しちゃえば?」――と子供たちがジョークの口調で言うようになったのも、その頃からだった。

電車が駅に着いた。誠司はまなざしの焦点を戻した。花びらの輪郭からはみ出ていた赤が、もとの位置に収まる。

誠司の真向かいに座っていたおばあさんが下車して、これで付近の乗客は全員入れ替わったことになる。

カーネーションは、まだ網棚にある。

誠司は紙バッグを抱え直して、首を傾《かし》げた。

忘れ物なのか? あの花……。

*

目がチカチカする。揺れる電車の中で、携帯電話の小さなディスプレイを見つめつづけたせいだ。ボタンを押しどおしだった指先も痛い。始発駅を出た頃には受信状態を示すアンテナマークが三本立っていたが、電車が郊外に向かうにつれて感度が悪くなり、いまでは一本きりのマークが点滅まで始めた。

聡子は携帯電話のスイッチを切り、ため息交じりに顔を上げた。

サイテー。閉じた口の中で舌を鳴らした。マジ、信じらんねーよ。ひらべったい息で、声にならないつぶやきを漏らす。

網棚の上のカーネーションが、まだ、ある。

誰かが置き忘れたとしか思えない。

バカだ、そいつ。せっかくの母の日のプレゼントを電車に置き忘れるなんて。

それとも――これ、チョー陰険なイヤミなんだろうか。「今日は母の日ですよお！　皆さん、カーネーション買いましたかあ？　まだのひとは早く買いなさいよお！」なんて。

よけいなお世話だっちゅーの。

流行遅れの言葉を、わざと遣った。ベタな、ダサダサの言い方をしたかった。

母親は一日中家にいたはずだ。『笑っていいとも！　増刊号』を観て、『やっぱりさんま大先生』を観て、テレビを点《つ》けっぱなしにしたままリビングで少しうたた寝をして、旅番組かなにかの再放送を観て、『笑点』を観て、『料理バンザイ』を観て、八時からのテレビを『ハッピーバースデー！』にするか『神々の詩《うた》』にするか迷いながら、いまは『サザエさん』を観ている頃だろう。

母親はテレビばかり観る。テレビしか観ない。テレビだけが心の友って？　泣けちゃうほど寂しい人生だ。

博多に単身赴任中の父親は、週末になってもめったに帰ってこない。ゴールデンウィークも、一泊してすぐに博多に戻ってしまった。家にいたのは十数時間。最初から最後まで居心地が悪そうだった。オヤジにとってはワンルームマンションに帰り着いたときにつぶやく「ただいま」のほうがリアルなんだろうな、と思う。

電車が駅に停まった。終点の二つ手前。乗客が何人か降りて、これで立っている客はいなくなり、シートにも空席ができた。

聡子はミニスカートの裾《すそ》に注意しながら、脚を組み替えた。ラメ入りルージュをつけた唇を前歯で軽く噛《か》み、バッグから取り出したブラシで白メッシュの髪をといた。隣に座ったオバサンが一瞬顔をしかめたのがわかった。太ったオバサンだ。オンナであることを放棄したような、だらしない座り方をしている。こんなオバサンも、家に帰れば息子や娘からカーネーションを貰《もら》うわけ？　ボランティアみたいなもんじゃん、それ。

オトナになりたくない——なんて駄々をこねるほど幼くはない。人間は誰だってオトナになる。高校二年生は、もうオトナの入り口のすぐ手前まで来ている時期だろう。カッコいいオトナ、ハッピーな人生、目指すなら、それ。

でも、オトナになっても、なんかつまんねーだろーなあ。つくりもののあくびと一緒に、心の中でつぶやいた。母親を見ていると、つくづくそう思う。

母親が高校二年生の頃、どんな人生を目指し、夢見ていたのか、聡子は知らない。そんな話が親子でできるぐらいなら、苦労はしない。だが、母親がいまの暮らしを夢見ていたわけではないことはわかる。いくつもあるはずの夢と現実のギャップのひとつが、「いまどきのジョシコーセー」の自分だということも。

母の日のカーネーションを最後に買ったのは、中学一年生の頃だった。学校の先生やご近所から「まじめなコ」と呼ばれていた頃。その頃はまだ父親も家から会社に通っていて、テレビも買い換える前だった。

だから……やっぱ、「なし」だよ、カーネーションなんて。

去年も、おととしも、その前も、そう思った。

母の日から四、五日たった頃になって、でもさあやっぱ「あり」だったんじゃない？　と思ってしまうのも、毎年のことなのだけど。

＊

終点の一つ手前の駅で、三人の若者がどやどやと乗り込んできた。髪を伸ばし、だらしない服を着て、我が物顔に大声でしゃべる、そんな連中だ。

康雄はムッとして腕を組み、シートに座り直した。タンクトップに半パン姿の男と目が合った。にらんでやるつもりだったが、男の右腕にタランチュラの刺青《いれずみ》を見つけると、ぎごちなくうつむいてしまう。

五月にタンクトップと半パンでいられる、その若さが恨めしい。世界の中心に自分がいるんだと思っていられるずうずうしさが、うらやましい。だが、ナンパの自慢話に夢中の若造たちも、いつかは歳をとる。自分よりずっと若い連中が傍若無人にふるまうのを、苦々しさと怯《おび》えの入り交じったまなざしで見る、そんな日が、奴《やつ》らにも、きっと訪れるのだ。

歳をとるのはつらいんだよ、と母の声がする。しつけに厳しかった母親から息子への、それが最後の教えになるのだろうか。

長生きしすぎた——というほどの歳《とし》ではない。入院した直接の原因だった腎臓《じんぞう》の具合も、主治医によると、急に生死にかかわるほど悪化することはないだろうとのことだった。ほとんど寝たきりの入院生活がつづいて足腰はさすがに弱ってきたが、心臓や血圧に異状はない。このままあと二、三年は確実に、ひょっとしたら五年、十年と、母は現実の世界から切り離されたまま生きつづけるだろう。康雄も、生きる。先に死ぬわけにはいかんだろうな、と覚悟を決めている。

子供の成長や会社の中での出世が楽しみだった頃は、もうとうに過ぎ去った。五年後や十年後の自分が、いまよりも幸せな日々を過ごしているかどうか、自信などない。生きていくのは尊いことなのだと、それすら、母を見ているとわからなくなる。

もしも母の頭と心が、ほんの一瞬でいい、現実に戻ったなら、訊《き》いてみたい。

お母さん、どうする?

望むとおりにしてやりたい。

「おまえはどっちがいい?」と聞き返されたら……答える言葉は、病院帰りの昼酒に酔っているときにしか出てこない。昔の母なら「男の子でしょう、はっきりしなさい」と言うだろう。叱《しか》られてみたい。最後に、一度だけでいいから。

腕組みをしたまま、目をつぶった。醒めきっていない酔いは、まだ瞼の裏側に残っている。だから、いまなら言える。息子として言ってはならないはずの言葉が、なにか誘うように、楽になれるんだと諭すように、暗がりのなかをふわふわと浮いている。

「よおよお、これ、いいじゃんよ」

ねばついた声に、目を開けた。

さっきの若い連中の一人が、網棚の上のカーネーションに顎《あご》をしゃくっていた。

「忘れ物だろ？　貰っちゃえよ」「だな、これよお、かーちゃんにやって、ゼニ貰うべ」「ナンパに使ったほうが早えんじゃねーの？」「言えた、ボクのママになってくださいっつって」「オッパイ飲ませてくださいってか？」

カーネーションの赤い花が揺れる。おびえて身震いするように、か細い茎の先で、花が揺れる。

ちょっと待ってくれ——声にならない声が、康雄の口を小さくわななかせた。だめだ、それは絶対にだめだ——言葉になる前に、息は喉《のど》の奥でつっかえてしまう。

「じゃ、ゲットっつーことで」

タンクトップの男が網棚に手を伸ばした。

そのときだった。

「やめてよ！」

少し離れたシートから、女子高生が立ち上がって、強い口調で言った。

別の席から、デパートの紙バッグを持った中年男も立ち上がって怒鳴った。

「その花に触るな！」

二つの声に引っ張られるように、康雄も腰を浮かせると同時に叫んでいた。

「あっちに行け！」

*

若い連中も、驚いた。

だが、それ以上に怒鳴った三人が驚いた。啞然《あぜん》とした顔を見合わせて、シートに座り直すきっかけを探しあぐねたまま、その場にたたずんだ。

若者三人は見た目とは裏腹に気の弱い奴らなのだろう、舌を打ったりそっぽを向いたりして、誰からともなく隣の車両に移っていった。

残ったのは、網棚の上の——。

聡子が、最初にカーネーションに目をやった。次に誠司、それから康雄。くすぐったそうな微笑《ほほえ》みを浮かべてシートに腰をおろす順番は、きれいに逆になった。

車内アナウンスが、もうすぐ終点に着くことを告げた。電車はスピードをゆるめ、窓の外には三人の暮らす街の夜景が広がった。

聡子はバッグから携帯電話を出して、電源をオンにした。友だちからの留守番メールが何件か入っていた。どれも、聡子が送った〈ゲンキ？〉への返事だった。〈ゲンキ！〉〈サトコハ？〉〈ダメ、シニソウ〉〈ゲンキダヨ　マタアシタ〉〈ヨウナシメールNG〉〈イキテルヨ〉……。

誠司は子供たちへのお土産の入ったデパートの紙バッグを膝《ひざ》に抱き直した。「こっちは青で、そっちは赤でお願いします」と店員にリボンの指示をした琴美の横顔と、電車を降りるときのつくり笑いの顔を思いだして、ふう、とため息をつく。

康雄は腕を組み直して、また目をつぶった。さっき浮かんでいた言葉は、どこへ消えてしまったのか、見あたらなかった。深呼吸を何度か繰り返して、酔いも醒《さ》めたことを知った。

だが、来週の日曜日に病院で母に会えば、帰りに酒を飲まずにはいられなくなるだろう。酔うと、やはり、母と自分が楽になるための言葉が浮かんでしまうだろう。わかっている。それをどうしても許せない自分がここに確かにいるんだということも、ちゃんと。

電車がホームに滑り込む。

ドアが開く。

三人は、もうまなざしを交わすことなく、電車を降りた。

*

改札へつづく階段を途中まで降りたところで、聡子は身をひるがえし、ダッシュでホームに戻った。

いま乗ってきた電車が、まだ停まっていた。車庫に入るのではなく、折り返し運転で都心に向かうのだろう、ドアも開いている。

「ラッキー……」

弾む息でつぶやいて、たしか前から三両目だったと見当をつけて車内に入った。

カーネーション――あった。網棚の上に、ぽつんと、赤い花が。

つま先立って、取った。両手で胸に捧《ささ》げ持って香りを嗅《か》いでみると、ほんのりと、いいにおいがした。

ホームに出て、携帯電話のジョグダイアルを回した。コール音三回で、つながった。

母親の声が、なんだかむしょうに懐《なつ》かしい。

「いま、駅だから。すぐ帰る」

いつもどおりのそっけない声で。

「あのさ、お母さん、おみやげあるからね」

母親の声が返ってくる前に電話を切った。お金払って買ったわけじゃないけどさ。心の中で付け加えて、まあ、これなら「あり」ってことでいいか、とうなずいた。

携帯電話の液晶ディスプレイに、笑う前歯が映り込む。

ただいま――くらいなら言えそうな気がした。

*

駅前の果物屋に、箱詰めのサクランボが出ていた。

「どうですか、お父さん、初物ですよ」

店のあるじに声をかけられた康雄は、冷やかし半分で箱を覗《のぞ》き込んだ。サイズと向きを揃《そろ》えてきれいに並べられたサクランボを見ていると、小学生が整列した光景を思いだした。いまの子供たちではない、四十年以上前の、いがぐり頭に赤い頬をした小学生だ。

「これで五千円もするのか。高いなあ……」

「いやいや、お父さんね、山形産だから。まあ、ちょっと味をみてくださいよ」

試食用のサクランボの載った小皿を差し出され、一粒つまんで、口に放り込んだ。糸切り歯でかじると、プチン、と皮の破れる歯触りと同時に、甘酸《あまず》っぱさが染《し》みわたる。思わず口をすぼめ、肩をすくめ、目もつぶった。

ああ、これだ――つぶやきが、喉の手前で弾《はじ》けて消えた。

去年のこの時季も、おととしも、何度かは食卓に並んでいたはずなのに、ずいぶんひさしぶりにサクランボを味わったような気がした。

「今度の日曜日の朝、買うよ」

康雄は種を掌《てのひら》に吐き出して、歩きだした。

病室で、母と一緒に食べよう、と決めた。今年もサクランボの季節が来た、またひとつ季節が巡った、そのささやかな喜びを、時間が止まったままの母と二人で分かち合いたかった。

幸せとは呼ばなくていい。死んだほうがよほど幸せな生があることを、母が教えてくれた。もしかしたら、自分もいずれ、そんな生を生きることになるのかもしれない。

「それができれば苦労しないわよ」と妻にうんざりされながら、「俺が惚《ぼ》けたら、さっさと安楽死させてくれよな」と口癖のように繰り返している。

その気持ちに変わりはなくても、喜びは生の側にしかないいんだと、いまは思っていたい。

しばらく歩いたところでふと思い立って果物屋に引き返し、箱詰めより安いお椀《わん》型のプラスチック容器に入ったサクランボを買った。

「歩きながら食べるのはおよしなさい」と母によく叱られた。

遠い遠い昔のことだ。

*

子供たちは、白いカーネーションを買っていなかった。代わりに、赤いバラの小さな花束が食卓に置いてあった。花束の隣には〈ははの日おめでとう〉と書かれたカードも。

「なんだ？　これ」と誠司が訊いても、裕子も俊輔も目配せして笑うだけだった。

「裕子、おまえ五年生なんだから、『母』ぐらい漢字で書けるだろう」

「いーのいーの、これで、いーの」

裕子が節をつけて言うと、俊輔も「いーんだよね、おねえちゃん」と大きくうなずく。

誠司は小首を傾《かし》げながら、デパートの紙バッグから包みを二つ出した。

「あのな、これ……パパの会社のひとが裕子と俊輔に、って……女のひとなんだけど……」

帰り道に何度も練習したのに、声は途中からくぐもってしまい、子供たちに向けていたまなざしも足元に落ちてしまう。

「それで、じつは……パパ、そのひとと……」

再婚――が唇から滑り落ちる前に、裕子が「この花束、明日、会社に持ってけば?」と言った。

「プロポーズしちゃえば?」と俊輔。

「あたしと俊輔がお小遣い出し合って買ったんだからね、ふられたりしないでよ」

呆然《ぼうぜん》とする父親の反応を楽しむように、子供たちはクスクス笑いながらペンをとった。

「あたしは、いいよ。再婚、マルだから」

裕子は〈ははの日〉の最初の〈は〉の斜め上に○をつけた。ペンを受け取った俊輔も同じように「ぼーくも、マルッ」と、下の〈は〉に○をつける。

〈ぱぱの日おめでとう〉

カードの文字が揺れて、にじんで、「ありがとう」が言えなかった。

誠司は、ただ黙って子供たちを力いっぱい抱きしめた。

# かさぶたまぶた

# 1

思い過ごしかもしれないけど、なんとなくだけど、本人に確かめたわけじゃないんだけど、と前置きが長かったわりには、いざ話しだした綾子《あやこ》の口調にはそれほど迷いはなかった。

政彦《まさひこ》は妻の話に小刻みに相槌《あいづち》を打ち、一段落つくのを待って、「俺もそう思ってたよ」と言った。腕組みをして、テーブルの上のティーバッグの箱をじっと見つめ、少し重い口調をつくる。「この二、三日、様子が変だったからな。なに落ち込んでるんだろうと思ってたんだ」

「あなたも？」

「それくらいわかるさ」笑った。「親なんだから」

「じゃあ……やっぱりそうなんだ」

綾子は一瞬だけほっとした表情になり、しかしすぐに、「勘違いだったらよかったんだけど」と、話を切りだす前の沈んだ顔に戻った。

「勘違いなんかじゃないよ。だって、サインが出てただろう？　俺だって感じたぐらいなんだから、おまえはもっとわかってただろ」

「そうでもないんだけど、ほんとうに、なんとなく、だったのよね」

「頼りないこと言うなよ」

「それはそうだけど……」

「俺はすぐわかったぞ」

ミステリードラマの名刑事が謎解《なぞと》きを披露するように、政彦は言った。

「テレビを観《み》てるときに笑うだろ、それがちょっと不自然だったんだよな。声がいつもより細いし、甲高《かんだか》いし、ああ無理して笑ってるんだな、って」

綾子は、そうだったっけ？　というふうに小首をかしげる。

キッチンから笛吹きケトルの音が聞こえて、話は途切れた。

スリッパをぱたぱた鳴らして綾子がキッチンに入ると、リビングに一人残った政彦は腕組みを解いて、ため息をついた。

肩から力を抜く。ソファーの背に体を預け、足を床にだらんと投げだす。頭の奥なのか胸の奥なのかはわからない、とにかくどこかで表情や口調を内側から支えていたつっかい棒を、そっとはずした。

リビングの真上は子供たちの部屋だ。兄の秀明《ひであき》も妹の優香《ゆうか》も自分の部屋にいるはずだが、三年前に建てたコンクリート建築の我が家は壁も床も厚すぎて、二階の気配はほとんど伝わってこない。

政彦は顎《あご》を上げて、天井をぼんやりと見つめる。

嘘《うそ》をついていた。つまらない見栄《みえ》を張った。笑い声の話は、いま、とっさに考えたものだ。

優香が最近どうも元気がないようだというのも、綾子の「なんとなく」よりももっと淡く、ぼんやりとしていて、綾子の話を聞いて初めて「そういえば」と思い当たったような気がするし、ほんとうは思い当たる節さえないのを無理に話を合わせただけなのかもしれない、とも思う。

最近——四十代半ばにさしかかってから、こんなことが増えた。

調子が悪い。

もともと、子供たちのちょっとした変化を見抜くことには自信があった。平日は残業つづきで、秀明や優香と顔を合わさないことも多いが、だからこそ、子供たちの発するサインはどんなささいなものでも見逃すまいと心がけていた。

中学時代の秀明が野球部のレギュラーからはずされたときも、小学校に入ったばかりの優香が通学路の途中にある家の飼い犬に吠《ほ》えたてられたせいで、一人だけ遠回りして登校していたときも、綾子が「最近あの子ちょっと変じゃない?」と言いだすのを待ちかねるようにして、「俺もそう思ってたんだ」とうなずくことができた。

綾子はそのたびに「よく見てるわねえ」と感心するが、それくらい親なのだから当然だと思っていた。「お父さんにはなんでも見抜かれてるんだからね」と綾子が子供たちに言うのを、少し照れながら、まんざらでもなく聞く——ほんの二、三年前までは、それがあたりまえだったのだ。

綾子のスリッパの音が近づいてくる。政彦はソファーに座り直した。足を引き、腕組みをして背筋を伸ばし、肩を張って、表情と口調のつっかい棒を立てる。

ティーポットとカップを載せたお盆を持って戻ってきた綾子に、「いま思ったんだけど」と声をかけた。「やっぱり、それ、おまえの考えすぎなのかもしれないぞ」

綾子は困ったように笑うだけで、なにも答えなかった。

優香は私立中学に合格したばかりだった。「御三家」と呼ばれる名門の女子校に受かった。四年生の夏からがんばってきた受験勉強も終わって、あとは卒業、それから入学を待つだけの、いまはいちばんのんびりした時期だ。ふさぎ込む理由など、どこにもないはずだ。

ティーバッグの中のミントの葉が、ポットのお湯に蒸らされて広がり、すうっとする香りが湯気とともにたちのぼる。

ミントティーをリクエストしたのは政彦だった。綾子から「ねえ、ちょっといい？」と相談事を持ちかけられたときは、たいがいそうする。ミントのリラックス作用に実際どれくらいの効果があるかは知らないが、冷静でいるに越したことはない。なにごとも感情的になるのは嫌いだ。子供のことを話すときは、なおさら。あわてふためいて、ただ自分が早く安心したいために多感な時期の子供を問い詰めていく、そんな愚かな父親にはなりたくない。

「受験が終わって気が抜けたのかもしれないし、憧《あこが》れてた学校に入ることが決まって、マリッジ・ブルーみたいになってるのかもしれないな。卒業したら友だちとも離ればなれになっちゃうから、それが寂しいのかもしれないし、あと……」

思いつく理由をいくつか挙げてみたが、綾子はもっと具体的なことを考えていた。

「友だちと、なにかあったのかしらね」

「そんなことないだろ、この前だってみんなといっしょに『風の子学園』に行ってるんだから」

「そうよねえ……」

『風の子学園』というのは、バスで二十分ほどの距離にある聾《ろう》学校だ。将来は福祉の仕事をやりたいという優香は、中学受験が終わると、仲良しの友だちを誘って『風の子学園』に出かけた。

政彦には、受験のことよりもむしろそっちのほうが嬉《うれ》しかった。クラス担任の岡本《おかもと》先生も感心して、「『風の子学園』との交流をこどもたちのほうから提案してきたのは初めてなんですよ」とわざわざ家に電話をかけてきた。思いやりのある優しい子になってほしいという親の願いを、優香はちゃんと叶《かな》えてくれている。

児童会長に、ボランティア委員会の委員長、子供会の班長もつとめ、来月の卒業式では総代で答辞を読むことにもなっている。優香はそういう女の子で、だから、学校でなにかあって落ち込んでいるとは、政彦にはどうしても思えない。

「秀明が落ち込むんだったら、まだわかるけどね」

綾子はポットを覗《のぞ》き込んでお茶の色を確かめながら言った。

「あいつはそこまで繊細じゃないよ」と政彦は苦笑する。

つい最近まで、我が家には受験生が二人いた。大学受験に挑んだ秀明は、四月からも受験生のままだ。狙《ねら》っていた大学はもとより、模試では合格確実だった滑り止めまで、すべて落ちてしまった。一発勝負に弱く、中学や高校も第一志望の学校ではなかった。もっとも、本人は「一浪なんて『ひとなみ』だから」としょげた様子はない。のんびり屋の楽天家で、そこが親としてもどかしいところでもあり、救いでもある。

政彦はゆっくりとミントの香りを嗅《か》いで、「心配しないでいいよ」と言った。「万が一、学校で困ったことがあったとしても、優香なら自分ですぐに解決できるんだから、へたに俺たちが騒ぐとかえってよくないんだ」

「そうね……」

あいまいな綾子のうなずき方に、「優香によけいなこと訊《き》いたりするなよ」と念を押したが、今度もはっきりとした反応は返ってこなかった。

「心配性だなあ」と政彦は笑って、お茶を啜《すす》った。俺の考え、間違ってないと思うんだけどな――つぶやきを飲みくだすと、ミントの青くささが鼻に抜けた。

酸《す》っぱいような、苦いような、えぐみがあるような、ないような……ミントティーを旨《うま》いと思ったことなど、一度もない。

## 2

一年がかりで準備を進めてきたイベントが、スポンサーの意向で中止になった。演出プランの詰めも終わり、三カ月後のゴールに向けてラストスパートだ、とスタッフに発破《はっぱ》をかけた矢先の決定だった。

担当役員に呼ばれてそれを知らされた政彦は、自分の席には戻らず、会社の近くのコーヒースタンドに入った。オーダーしたのはホットミルク——カルシウムには、いらだちを鎮《しず》める作用がある。

ミルクを飲みながら、企画の起《た》ち上げから中止決定に至るまでの流れを思いだせるかぎり細かく、冷静にたどってみた。いくつかの齟齬《そご》や衝突、妥協やミスはあったものの、全体としては自分の仕事に落ち度はなかった。広告代理店の企画部で二十年余りイベントを手がけてきた経験からいっても、じゅうぶんに満足できる。

運が悪かっただけだ、とうなずいた。とにかく俺は与えられた仕事にベストを尽くしたんだ、とマグカップに残ったミルクを飲み干した。

近いうちに関係者を集めて慰労会を開いたほうがいいだろう、とシステム手帳を開き、スケジュールの空きを探した。三月二十二日の夜は空いていたが、隣の二十三日の欄に〈優香　卒業式〉とある。ここはだめだな、とページを繰って三月の頭に戻り、ゆうべの綾子の話を思いだして、軽く舌を打った。

小学六年生の女の子がふさぎ込む理由など、考えだせばきりがないし、考えすぎるとあとで拍子抜けしてしまう。綾子は最後まで心配顔のままだったが、「知らん顔しておいてやるのも、親の度量だぞ」と少し声を強めて話を終えた。

間違っていない、はずだ。空のマグカップを口に運びかけて、自信をなくすなよと自分を笑い、もう優香のことを思いだすのはやめた。

三月の半ば過ぎで日を空けようと決め、スケジュールを調整していたら、携帯電話が鳴った。

若手スタッフのまとめ役の武藤の声が飛び込んでくる。

「橋本さん、いま、いいですか？」――部下には役職で呼ばせないようにしている。

武藤は「部長から聞きました」と悔しさを隠さずに言った。

「すまん。俺の力不足だった」

落ち着いた声がうまく出てくれた。ミルクは、やはり、効く。

「……僕らはいいんですよ、橋本さんがいちばん悔しいんじゃないんですか？」

「悔しいさ。でも、しかたないだろう。俺たちはベストを尽くしたんだ、あとはもう運命みたいなものなんだから」

「でも……」

「悔しさは、次の仕事にぶつけよう。人脈とノウハウを増やしたんだと思えば、この仕事だってまんざら無駄働きでもなかったんだから」

そうだよな、そのとおりだよ、と自分の言葉に自分でうなずいた。こどもが膝《ひざ》の擦《す》り傷《きず》に唾《つば》を塗り込むように。

電話を切ったあと、二杯目のホットミルクを注文するために、脚の長いスツールから降りて、カウンターに向かった。胸を張って颯爽《さっそう》と歩けた、と思う。つっかい棒は、ちゃんと、体の奥深くで顔と声を支えてくれている。


翌日から、イベント中止の後始末で駆けずりまわった。数えきれないくらい頭を下げて、やっかいな交渉をいくつもこなし、会議と日帰り出張と精算とメールのチェックに追われて、終電に飛び乗るのがやっとの忙しさがつづいた。

帰りの遅い日は先に寝てていいぞ、と昔から綾子には言ってある。そのかわり子供のことでなにかあったらその日のうちにちゃんと俺に教えてくれよ、とも。

だから、真っ暗なリビングに帰り着くのは、とりあえず今日も我が家は平穏無事という証《あかし》だった。

一人で夜食を食べていると、高校の卒業式を終えたばかりの秀明がたまにリビングに降りてくることがある。たいした話はしない。「お帰りなさい」「おう、ただいま」の短い言葉を交わすと、秀明は冷蔵庫からなにか食べるものを見つくろって、すぐに自分の部屋にひきあげてしまう。

寂しいといえば寂しいが、そのほうが気楽といえば気楽で、２ＤＫの賃貸マンションから始まった四人家族の歴史は、こんなふうにして徐々に終わりを迎えていくのかもしれない、という気もする。

三月の半ばに入って、ようやく忙しさは峠を越えた。

担当役員への報告を終えた夜、終電で帰宅した政彦は、入浴と着替えを手早く終えるとウイスキーの水割りをつくった。ソファーに寝ころんでウイスキーを啜ると、アルコールが体に染《し》みていくのと入れ替わりに、「終わったなあ……」とつぶやきが漏れる。

後始末はきれいにできた。事務的な処理はもちろん、愚痴や泣き言を口にすることなく、投げやりにも卑屈にもならず、ねばり強く、誠意を持って、今回のイベントにかかわったすべての企業とひとに接して、明日の慰労会になんとか間に合った。

理想的だ。なにも間違ってはいない。他人に自慢するつもりはないが、ただ自分自身に対して、それを誇りたい。

ウイスキーをもう一口啜ったとき、階段を降りてくる足音が聞こえた。

鼻歌交じりにキッチンに入って冷蔵庫のドアを開ける秀明に、「なにかツマミになりそうなものないか?」と声をかけた。

「クッキーあるよ」

あきれて笑った。秀明はそういうところがまったく疎《うと》い。アルコールに極端に弱い体質なのか、中学生の頃に政彦がビールを飲ませたらグラス一杯で顔が真っ赤になり、「目がまわる」と言いだして、こてんと眠ってしまった。以来、高校の友だちとこっそり居酒屋に出かけても、ウーロン茶しか飲んでいないらしい。

「お父さん、どうする? クッキーいらない?」

「……そうだな、二、三枚でいいから持ってきてくれよ」

ツマミはどうでもいい。たまには息子とゆっくり話したかった。

だが、クッキーをテーブルに置いて立ち去ろうとする秀明を呼び止めて、「夜食だったらここで食えよ。お父さんも付き合うから」と座らせてはみたものの、いざ向き合ってしまうと、なにをどう話していいのかわからない。

逆に、秀明のほうがクリームパンを頬張《ほおば》りながら「最近、忙しいね」と軽い口調で話しかけてくる。

「まあな、ちょっとばたばたしてたんだ」

「ばたばたって?」

「うん、まあ……いろいろだな。それより、おまえ、こんな時間まで勉強か?」

「ゲーム」

「……春期講習、もう始まってるんだろ」

「だってさあ、予備校めっちゃキツいんだもん。夜ぐらい息抜きしないと死んじゃうよ、マジ」

「なに甘いこと言ってんだ、二浪目からはもうお父さん面倒見ないぞ」

秀明はへヘッと笑い返した。

「勝負は来年の二月なんだから、いまからあせってもしょうがないじゃん」

明日の夜は、高校の友だちと飲み会なのだという。のんきなものだ。だが、高校生ぐらいの少年がたった一度の挫折《ざせつ》で自殺したり、自暴自棄になったすえに犯罪に走ったりというニュースを見聞きするたびに、そんな心配をしないですむだけでもありがたいのかもな、と思えてくる。

「まあ、おまえは自分のペースでがんばればいいよ」

政彦は苦笑交じりに言った。

「はいよっ」と秀明はおどけて答え、ふと思いだしたように「お母さん、起きてこなかった?」と訊いた。

「いや、寝てるんだろ?」

「あ、そう……じゃあ、べつになんでもなかったのかな」

「どうしたんだ?」

「九時過ぎだったと思うんだけど、優香の学校からお母さんに電話かかってきたんだよね。電話切ったあと、優香の部屋でなんか話してさ、ちょっと深刻っぽい話みたいだったんだけど」

「……深刻って、どんなふうにだ」

「わかんないけど、なんとなくっていうか、伝わるじゃん、そういうのって」

言葉とは裏腹に、たいして深刻さが伝わっていないような顔の秀明は、「でもお父さんに言ってないんだったら、たいしたことないんじゃない?」と言った。

そうだと政彦も思いたい。そうでなければ困る。

秀明は、「もうちょっとがんばるかな」とひとりごちて立ち上がった。

「ゲームがんばったって、しょうがないだろう。勉強しろよ」——声が不機嫌になったのが、自分でもわかった。

3

翌朝、日課のジョギングに出かける前に、電話のことを綾子に訊いてみた。

「岡本先生と謝恩会の打ち合わせをしてたのよ」

保護者会主催の謝恩会の幹事に選ばれたのだという。電話のあと優香の部屋で話したのも、先生に渡す招待状づくりのことだったらしい。

「秀明って、自分のことだとのんきなくせに、変なところで心配するんだから」

綾子はあきれ顔で言った。嘘《うそ》をついているようには、見えない。

「優香は、どうだ？　まだ元気ないか？」

「そんなことないみたい。もうだいじょうぶなんじゃない？」

「……あっさり解決しちゃったんだな」

「そういうものよ、小学生なんて」

なにか、自分が言うべき台詞《せりふ》を綾子に取られてしまったような気がした。

返す言葉をとっさに見つけられず、少し黙ったら、綾子は「あなただって毎朝見てるでしょ、ぜんぜん変なところないじゃない」と言った。

「でも、朝飯のときだけだからなあ」

「すれ違うだけでも子供のことはわかる、って言ってたの誰だっけ？」

からかうように言われた。

「昔の話だろ、それは」と政彦は苦笑いでかわして、ウインドブレーカーのジッパーを引き上げた。

玄関でジョギングシューズを履きながら、二階で秀明と優香を起こす綾子の声を聞いた。いつもと変わりない口調だった。それでも、少し明るすぎるかもしれない。さっきのやりとりも、いま思いだしてみるとテンポがよすぎて逆に不自然だったような気がしないでもない。

綾子はもっと心配性だったはずだ。政彦が繰り返し「だいじょうぶだよ」と言って、ようやく小さくうなずくのが、いつものパターンのはずだ。

わからない。綾子の表情やしぐさから本音が読み取りづらくなっている。

子供のことが少しずつわからなくなるのは覚悟している。秀明や優香だって成長するんだから、と思えば納得もいく。

だが、綾子は――。

長年連れ添ってきたのに、昔よりわからないところが増えてきた？

冗談じゃない。


ジョギングを終えて家に入ると、ダイニングには秀明しかいなかった。

「お母さんと優香は？」

「まだ二階にいるんじゃない？」

秀明はインスタントのコーンスープにお湯を注ぎながら、あいかわらずのんびりした声で言った。

「さっき起こしてただろう」

「でも、まだ降りてきてないもん」

嫌な予感がした。顔を拭《ふ》いたタオルを椅子《いす》に掛けて、ダイニングを出た。

「汗くせーっ、お父さん、タオルこんなところに置かないでよ」

のんきすぎる息子の相手をする余裕など、ない。

優香の部屋のドアは閉まっていた。話し声は聞こえない。だが、それはからっぽの静けさではなかった。政彦の足音に気づいて話をやめ、じっと息を詰めて、身をすくめている、そんな沈黙の重さが廊下にも滲《にじ》み出ていた。

ノックを、三回。はやる気持ちを抑えて、ゆっくりと叩《たた》いた。

少し間を置いて、綾子が「はい」と返事をした。声は高かったが、震えていた。

「優香は、そこにいるのか？」

返事はない。

「もう七時半だぞ、朝ごはんいいのか？」

「だいじょうぶ、すぐに降りるから」――答えたのは、今度も綾子だった。

政彦はドアのレバーに伸ばしかけた手を途中で止めた。落ち着け、と自分に言い聞かせた。父親としていちばん正しい行動をとるんだぞ、と命じた。

肩を揺すって力を抜き、あらためてつっかい棒を立てた。

「ちょっといいかな、入るぞ」

ドアを静かに開けると、パジャマ姿のままベッドに腰かけた優香が最初に目に入った。綾子はフローリングの床に敷いたラグに座っている。

二人とも、うつむいていた。政彦が入ってきても顔を上げなかった。

「……今日、学校、あるんだよな?」

秀明のように軽くのんきに言いたかったが、できなかった。

「もうすぐ卒業だなあ」

なにを言ってるんだろう、と自分が情けなくなり、つづく言葉はもう出てこなくなって、窓際《まどぎわ》の勉強机に目をやった。

赤いランドセル。その隣には、絵を描きかけの小さな画用紙――絵の上に、黒い絵の具で大きな×印があった。顔の絵だった。目鼻や口はまだだったが、髪と顔の形はできあがっていた。卵形の顔に、左右で分けてピンクの玉のついたゴムで留めた長い髪。

「これ……優香の顔か?」

部屋の空気がきゅっとすぼまった。

「失敗しちゃったのか」

優香の肩が揺れた。泣いてるのか、と気づく間もなくベッドに突っ伏して全身を震わせる。

たじろいだ政彦に、外に出て、と綾子が目配《めくば》せする。

動けずにいたら、ラグから立ち上がって、にらむようにもう一度――いいから早く、外に出て。

政彦はあとずさった。こんなふうに強く綾子に指図《さしず》されたのは初めてだった。追いかけて、綾子もすぐに廊下に出た。「ゆうべ寝るのが遅かったみたいだから、少し休ませるから」と早口に言って、下に降りてて、とまた目配せする。黙って綾子に従った。というより、綾子に決めてもらった道筋に逃げ込むように、階段へ向かった。

階下に降りると、秀明がけげんそうな顔でダイニングから出てきて、「なんかあったの?」と訊《き》いた。

のんきな声がむしょうに腹立たしい。

「いいから、おまえは早く飯食え。今日も予備校だろ」

「でも、いま泣いてなかった? 優香」

口の中にパンを入れたまま、もごもごと頬が動く。

「おまえには関係ないだろう」感情の高ぶりを、必死に抑えた。「早く行け」

「でもさあ、気になるじゃん、俺だって」

「……だいじょうぶだ」

「べつに予備校とか一コマぐらい休んでもいいんだけど」

限界だ——と気づくよりも早く、怒鳴り声が出た。

「おまえがいたってしょうがないんだ！　どこでもいいから、どっか行け！」

ふてくされて家を出た秀明は、食べかけの朝食の皿をダイニングテーブルに置きっぱなしにしていった。

政彦は秀明の食器を洗い、笛吹きケトルをガスレンジにかけた。お湯が沸くまでの間に武藤の携帯電話に連絡を入れて、今日は午後から出社すると伝えた。もしかしたら夕方になって慰労会の会場に直行するかもしれない、とも。

ポットの中のミントティーに色がつきはじめた頃、やっと綾子が降りてきた。

「優香、いま寝てるから」

「学校はどうするんだ」

「休ませる。さっき、あなたがジョギングしてるときに電話しといたから」

自分が家にいないときに、いろいろなことが起きて、いろいろなことが決まる。

政彦はまだ淡い緑色のミントティーをカップに注ぎ、薬のつもりで目をつぶって啜《すす》り込んだ。

熱すぎて、舌をやけどしそうになった。

優香の机に置いてあったのは、やはり自画像だった。今朝、学校に持っていくことになっていたのだという。

「みんなは先週出したんだけど、優香だけ、まだなんだって。わたしもそれ、ゆうべ初めて知ったの。先生が、とにかく明日は必ず持ってきてほしい、って」

「電話で?」

「……そう」

「謝恩会っていうのは嘘か」

綾子は、ごめん、と口を小さく動かし、政彦をちらりと見て、すぐに目をそらす。

「まあいいや」綾子のためにというより、自分のために、明るい声をつくった。「その絵って、図工の宿題だったのか?」

綾子はかぶりを振った。

# 4

優香の通う小学校には、開校以来の伝統があるらしい。卒業生全員に自分の顔を描かせ、それを一枚の大きな台紙に貼《は》ってパネルにして、卒業年度順に体育館の二階の壁に飾っていくのだという。

「だから、一人でも絵が揃《そろ》ってないとパネルがつくれないのよ。それで岡本先生も困ってるの」

「あいつ、絵は得意なのに、どうしちゃったんだ？」

「学校ではぜんぜん描けなかったんだって。鉛筆持って、ずーっと画用紙を見てるんだけど、手が動かないの。一生残るものだからプレッシャー感じてるんだろうって、おとといから宿題にしてくれてたの」

「それでまだ描けないのか？」

「描くことは描いてるのよ。でもね、学校に出せるような絵じゃないの。ゆうべ優香に見せられて、もう、わたし、ぞっとしちゃって……」

綾子はリビングのマガジンラックからインテリア雑誌を取り出して、ページに挟んであった画用紙を二枚、政彦に見せた。

二枚とも、髪と顔の形や色はさっき優香の部屋で見た絵と同じで、目鼻や口も描いてあった。

だが——綾子の言っていた意味は、すぐにわかった。

一枚の絵は、三日月のような細く瞳《ひとみ》のない目が吊《つ》り上がっていた。口も両端がまるで裂けたようにめくれあがっている。秀明がまだ小学生の頃に買ってやった江戸川乱歩の本の挿絵にあった邪悪な仮面のような顔だ。

もう一枚は、雪だるまだった。黒の絵の具で真ん丸に塗りつぶした両目と、同じ黒で横一直線の口。だが、タドンと炭でつくった雪だるまの顔にある素朴な愛嬌《あいきょう》は、ここにはない。黒い両目はただの穴ぼこで、外の世界をなにも見ていないし、内側の感情をにじませてもいない。口も、ただの一本の棒だ。その一瞬前に笑っていたのか、一瞬あとには怒りだすのか、そういったものがなにも伝わってこない。からっぽの顔だ。邪悪な仮面の顔よりも、むしろこっちのほうが、ぞっとする。

「あの子だって、これを本気で先生に出すつもりはなかったと思うけど……でも、ふつう描かないわよね、こんな絵」

黙ってうなずいた。これが自画像――？　ふざけて描いたにしても、あまりにも暗く、救いがないし、なにより優香はこういうときにふざけるような子ではない。

綾子は、二枚の絵をまた雑誌に挟んで、「あなたには見せるなって言われてるの」とつぶやくように言った。

「優香に？」

「そう。お父さんにはなにも言わないでって。ゆうべもそのことばっかり、ずーっと言ってたの」

「……なんでだ」

綾子は政彦の問いをいなすように席を立ち、食器棚から自分のカップを持ってきてミントティーを注いだ。

「なんで俺に知られたくなかったんだ？」

あらためて、さっきよりは少し冷静な口調で訊いた。

綾子はカップの腹に両手の掌《てのひら》を添えて、薄い笑みを浮かべた。

「優香ね、卒業式の答辞、読みたくないんだって。中学も公立に行きたいって」

「……どういうこと？」

「わたしはそんな子じゃないから、って。みんなが思ってるようないい子じゃないんだからって」

最初に訊いたことの答えにはなっていなかったが、政彦は話をつづけるよう目でうながした。

『風の子学園』に出かけた日のことだ。

学園の先生の案内で校内を見学したあと、学園に通う耳の不自由なこどもたちといっしょに遊ぶことになった。それは前もって岡本先生を通じて、優香がぜひにと頼んでいたことでもあった。

優香たちと人数を合わせて、補聴器を耳につけた五人の子がグラウンドに来た。男の子が三人に、女の子が二人。優香たちは五人とも女の子だった。

男の子たちは、馬跳びで遊びたい、と筆談で伝えた。学園の女の子二人は、あやとりをしたいのだという。馬跳びは乱暴すぎるし、あやとりでは男の子が満足しない。

少し離れたところでは、岡本先生と学園の先生がにこにこ笑いながらこどもたちを見ていた。

橋本優香さんに任せておけばだいじょうぶですよ——と岡本先生が言っているように、優香には見えた。学園の先生の笑顔も、さあ優香さん、がんばって話をまとめてみてごらん——と言っているようだった。

優香はふと思いついたアイデアを、学園の子のために大きな声で口にした。

「『だるまさんがころんだ』やらない？　これだったら、男子も女子も遊べるから」

学園の子は、きょとんとした顔になった。遊び方を知らないのだろうかと思って、優香は筆談に身振り手振りを交えてルールを説明していった。

鬼が壁に向かって目をつぶって、数をかぞえる代わりに「だーるまさんが、こーろんだ」と言う。鬼以外の子は、その間に鬼に近づいていく。鬼は「だーるまさんが、こーろんだ」を言い終えると同時に後ろを振り向いて、その瞬間、みんなは体の動きを止めて……。

途中で、気づいた。顔から血の気がひくのがわかった。

学園の子は、「だーるまさんが、こーろんだ」の声を聞き取れない——。

少し遅れて、クラスの友だちもそれに気づいた。ちょっとまずいよと目配せされ、あの子たちかわいそうだよと耳打ちされた。

優香はとっさに後ろを振り向いた。岡本先生と学園の先生は、まだ優香を見ていた。笑っていた。苦笑いに見えた。この子は意外と無神経だったんだなあ——とあきれているように、見えた。

黙りこくってしまった優香に代わって、別の友だちが鬼ごっこを提案して、学園の五人も賛成して、みんなで遊んだ。

優香は笑いながら鬼から逃げ、鬼になったら楽しそうにみんなを追いかけた。

そのときからずっと、今日に至るまで、本気で笑ったことは一度もない。

綾子は話を終えると二階に上がり、優香の様子を見てきた。

「よく寝てる。ゆうべはほとんど徹夜だったみたいだから」

政彦は唇を噛《か》みしめる。なにも気づかなかった。夢にも思っていなかった。綾子の寝室は政彦の隣だし、階段から自分の部屋に向かう途中、優香の部屋の前も通る。政彦がぐっすりと寝入っている間、優香は真っ白な画用紙をぼんやりと見つめ、綾子はそんな娘の苦しみを胸の中にしまい込んでいたのだ。

ゆうべだけではない、綾子は『風の子学園』でのできごとを、数日前に優香から聞き出していた。「お父さんにはぜったいに言わないから」という約束付きで。

「まさか自分の顔が描けなくなるほどだとは思わなかったけど……」綾子は寂しそうに笑った。「あの子、完璧《かんぺき》主義のところがあるからね」

『だるまさんがころんだ』を提案した自分を無神経で残酷な子なんだと責めることに始まって、自己嫌悪《けんお》はどんどんエスカレートしていった。

先生に叱《しか》られるのが怖かったから、学園の子に謝る前に岡本先生のほうを振り向いてしまった。

けっきょく学園の子に謝らなかったのは、あのままごまかしたかったたから。

その前に、ふと思いついただけの『だるまさんがころんだ』をきちんと考えることなく大きな声で提案してしまったのは、やっぱり橋本さんはしっかりしてるわね、と先生に褒めてもらいたかったから。

さらにその前に、『凪の子学園』に行きたいと言ったのも、学園の子と友だちになりたかったのではなく、耳の不自由な子を見てみたかっただけなのかもしれない。もしかしたら同情して、バカにしたかったのかもしれない。優等生にふさわしい、いいことを探して、『凪の子学園』を選んだのかもしれない……。

「悪いほうに悪いほうに考えちゃうのよね。なまじっか頭がいいから、よけいなことまで思い当たっちゃって」

友だちから、あとでなにか言われたわけではない。岡本先生も、ゆうべの電話で綾子がいきさつを話すと、『だるまさんがころんだ』の提案じたい知らなかった、と驚いていたらしい。

だから――優香は一人で勝手に思い込んで、一人で勝手に落ち込んで、一人で勝手に自己嫌悪に陥り、一人で勝手に自分の素顔を邪悪で空虚なものにしてしまった、ということになる。

政彦は長く尾をひくため息をついて、息の最後に「なあ」と声を載せた。

「優香の絵、おまえが代わりに描いてやることできないか？」

うつむいていた綾子が顔を上げる。そんなこと考えてもみなかった、というまなざしが返ってくる。

「だって、しょうがないじゃないか。卒業式までにパネルになってないとまずいんだろ？　もう時間がないし、ほかの子に迷惑かけるわけにもいかないし」

だが、綾子はまなざしを強めて言った。

「だめよ、それは」

「なんでだよ」

「わたしは、もしどうしても描けないんだったら、あの子の絵、入れてもらわなくていいと思うの。優香もそれでいいって言ってるし、先生にはわたしのほうからちゃんと説明するから……」

「なに言ってるんだ」ものわかりの悪さに、いらだった。「考えてみろよ、そのパネルってずっと貼ってあるんだぞ。一生のことなんだから、あとで後悔したって遅いんだから」

政彦はテーブルに身を乗り出して言った。間違っていない。ぜったいに。

綾子は政彦から目をそらして、ふっと笑みを漏らした。

「お父さんには黙っててって優香が言ったのは、そういうところなのよ」

どうしてそれがわからないわけ？　と小首をかしげた。

# 5

外注のスタッフにも声をかけた慰労会は、総勢三十人近い大所帯になった。イベント中止の後始末が予想よりもスムーズだったこともあって、会は二次会になってもなごやかに進んだ。

だが、なごやかであればあるほど、体の奥につっかい棒が必要になる。

ミントリキュールを使ったカクテルをお代わりしながら、誰かのジョークに声をあげて笑い、口数の少ない誰かに話を振って、誰かに話しかけられたら笑顔で応《こた》え、おしゃべりが長くなりそうならピンチヒッターに使えそうな誰かをそばに呼ぶ。

優香のことは忘れてしまったわけではない。慰労会の時間ぎりぎりまで家にいて優香が絵を描けるように励ますつもりだったのに、綾子に「あなたがいないほうがいいと思う」ときっぱりと言われた、そのときの怒りや腹立ちを通り越した寂しさも、ちゃんと、ある。

それでもいまは忘れたふりをして、「ふり」を忘れてしまったふりをして、その「ふり」を忘れたふりをして……。

「橋本さん、ちょっといいですかあ」

デザイン事務所の篠原《しのはら》という若い社員が、政彦の隣に席を移ってきて、顔を無遠慮に覗《のぞ》き込んで「橋本さんって、なんでこんなに余裕あるんすかあ?」と訊《き》いた。酔いのまわった、あまり感じのいい口調ではなかった。

「おとななんだよ、橋本さんは」

少し離れた席から、武藤がたしなめるように言った。

篠原は「おとなって、俺らもおとなじゃないっすか」と言い返す。「でも、橋本さんと俺ら、なーんか違うでしょ」

「同じだよ」と政彦は言った。さらりと受け流す笑顔を、うまくつくれた。

だが、篠原は「違いますよ、ぜーんぜん違うじゃないっすか」と体を揺する。「なんかねえ、ニンゲンっぽくないんすよね」

「そうか?　俺はロボットなんかじゃないけどなあ」

笑いながら、そうだ、この口調でいい。間違ってはいない。

「橋本さんは器《うつわ》がでかいんだよ」と別の誰かが口を挟み、女子社員が「優しいし」と付け加えて、武藤がまとめて「いい意味でクールなんだよ、いつも冷静だし、ぜったいに困った顔見せないし」と言った。

「すごい人気っすねえ……」

篠原はふてくされたようにウイスキーの水割りをあおり、政彦に向き直った。

「でも、そういうのって、カッコつけてるだけなんじゃないっすか?」

武藤が「おい、なんだ、その言い方」と気色《けしき》ばみ、デザイン事務所の先輩社員は恐縮しきった様子で篠原を自分たちの席に連れ戻した。

政彦は黙って、カクテルをさっきより多めに口に含んだ。味わう間もなく飲み干して、遠くの席に結婚が決まったばかりのスタッフの顔を見つけ、つっかい棒をぐっと奥に押し込むようにして、「そろそろ彼女とのなれそめでも聞かせてもらうか」と笑って声をかけた。

まわりの連中も歓声をあげ、座はそれでにぎわいとなごやかさを取り戻した。からまれたときの対応も、間違ってはいなかったはずだ。


三次会にまわる若手を武藤に任せて、終電より少し前の電車で帰ることにした。吊《つり》革《かわ》につかまるのと同時に、肩から力を抜いた。もういいぞ、と自分に言った。

窓に映り込む顔は、ため息をついたすぐあとのように、頬がだらんとして、まぶたが重たげに垂れ下がって、ひどく疲れて、年老いて見えた。

優香の描いた雪だるまの自画像を思いだした。おまえもほんとうは疲れてたのかもな。ふと、そんなふうに思った。

リビングに明かりが点《つ》いていた。

優香は二階にいる。

自画像は、まだ描けていない。

「先生も夕方、来てくれたの。優香と昔のアルバム見ながら、あんなことがあったね、こんなことしたね、って元気づけてくれたんだけど……やっぱり、だめだった」

綾子はぐったりと疲れきっていたが、政彦のほうは失望や落胆は意外なほどなかった。優香の心は思っていたよりずっと繊細で、もろかったんだ、と受け入れた。つっかい棒をずっと立てていたんだな、と思った。それが生来のものだったのか思春期だからなのかはわからなくても、とにかく親はなにも見抜けず、なにもしてやれず、父親は娘に求められてさえいないのだ。

綾子に背中を向けてネクタイをはずしながら、政彦は静かに言った。

「明日、病院に連れていって、カウンセリングを受けさせよう」

綾子が息を呑《の》むのはわかったが、気づかないふりをしてソファーに移った。

「もう親の手には負えないよ」

「……でも、まだひと月もたってないんだから、もうちょっと様子を見たほうがいいんじゃない？」

「これ以上ひどくなってからじゃ遅いんだよ。素人《しろうと》がよけいなことをやるより、ちゃんと専門家に診てもらったほうが優香のためにもいいんだ」

綾子はなにか言いたそうな顔だったが、言葉は出てこない。政彦も黙り込んだ。

重い沈黙のなか、家のすぐそばで車の停まる音が聞こえた。ドアが開いて、閉まり、車はすぐに走り去る。

「秀明かな」と綾子がつぶやいた。

「タクシーでお帰りか、生意気なもんだな」と政彦は苦笑する。

玄関のチャイムが鳴った。

「今夜、高校の友だちと会ってたの。みんなで集まるのもこれが最後かもしれないって言ってたから」

綾子は秀明に代わって言い訳した。

「知ってるよ」

「わたし言ったったっけ？」

「秀明から、ゆうべ聞いた」

俺だってなんにも知らないってわけじゃないんだぞ——心の中で付け加えた。

チャイムがまた鳴った。

「あいつ、鍵《かぎ》持ってるんだろう?」

「うん……」

玄関の外で、若い男のタガがはずれたような大声が聞こえた。

6

二人がかりで送ってきてくれた友だちが政彦と綾子に詫《わ》びるのをよそに、秀明は玄関の上がり框《かまち》に座り込み、体をぐらぐら揺らした。

二軒目の店で酒を飲んだ。最初の一口は友だちがいたずらでウーロンハイをウーロン茶だとだまして飲ませたのだが、秀明は酒だと気づいてからも飲みつづけ、お代わりまでして、二杯目の途中でひっくりかえった。

友だちは秀明を部屋まで運ぶとも言ってくれたが、政彦はやんわり断り、ていねいに礼を言って、ここまでのタクシー代と二人の帰りのタクシー代も渡した。

「おい、秀明、自分の部屋で寝ろ」

肩を揺すり、靴を脱がせてやった。秀明はうなだれて、低くうなる。なにを言っているかは聞き取れなかったが、陽気に酔っているわけではないというのはわかった。

綾子がキッチンからグラスに水を汲《く》んできた。秀明はのろのろとそれを受け取って口に運んだが、水はほとんど顎《あご》を伝い落ちてしまい、ポロシャツの胸のあたりはびしょ濡《ぬ》れになってしまった。

うんざりした気分を隠さずに、政彦は言った。

「なにやってるんだ、おまえ。酒が飲めないことぐらいわかってるだろう、少しは自分で考えろよ、こどもじゃないんだから」

綾子がとりなすように腕を後ろから引いたが、かまわずつづけた。

「こういうの、みっともないだろう。そう思わないか？　友だちにまで迷惑かけて、お父さん、恥ずかし……」

言葉をさえぎって、ガラスの割れる音が響きわたった。

グラスが三和土《たたき》に落ちた――違う、叩《たた》きつけられたのだった。

秀明は壁に手をついて立ち上がる。据わった目で政彦をにらみつけて、「うるせえ……」と濁った声で言った。

「なんだ秀明、悪酔いしちゃったのか?」

あとずさりながら笑ってみせた。秀明も距離を詰めながらにやりと笑って、次の瞬間、はじけるように叫んだ。

「むかつくんだよお! てめえが笑うとよお!」

殴られる——と思った。

だが、秀明は政彦にかまわず、隣で身をすくめる綾子にも目を向けずに、うなり声をあげながらリビングに入った。

テーブルを、ひっくりかえす。ソファーを蹴《け》り倒す。サイドボードの上の時計や花瓶やアンティークの人形を両手でなぎはらう。壁に掛かった絵をむしり取って、カーテンをひきちぎる。キッチンとの仕切のカウンターに置いてあったガラスのティーポットに、ふりまわすダイニングテーブルの椅子《いす》の脚がぶつかって、ポットはとがったかけらを飛び散らせて、割れた。

戸口に立って呆然《ぼうぜん》とそれを見つめる政彦の耳には、物のぶつかったり壊れたりする音はほとんど入ってこない。秀明のうなり声も、綾子があげているはずの悲鳴も。飛行機が気流の悪いところにさしかかったときのように、ピン、と鼓膜が張っていた。ここにもつっかい棒があるんだな、とぼんやり思った。

秀明は足をもつれさせ、床に尻餅《しりもち》をついて座り込んだ。

政彦はゆっくりと部屋に入った。唾《つば》を呑み込んで耳の調子を戻し、「気がすんだか」と秀明に声をかけた。笑ったりはしない。怒っているわけでもない。ただ、いま俺はひとりぼっちになったんだ、と思った。

「……サイテーだよ、この家」

秀明は荒い息をついて、吐き捨てるように言った。

「どこが気に入らないんだ」と政彦が訊くと、赤く充血した目を向けて、「そういうふうに訊くところ」と言う。

「エラソーなんだよ、ひとのことバカにしてよお、なんでもわかってるって顔してよ、知ったかぶりすんなよ、なんにもわかんねえくせに」

「秀明、やめなさい」

綾子が政彦の後ろから泣き声で言った。

「いいじゃんよ、お母さんだってむかついてんじゃんよ」

秀明は綾子を見たまま政彦に顎をしゃくって、鼻を鳴らして短く笑い、また政彦に向き直る。

「俺らずーっと、うんざりしてんだよ、あんたに。優香も、お母さんも、そう思ってってるんだよ。なんでも自分がいちばんだってカッコつけて余裕こいて、まわりのことばっかり気にしてよお、クソがよお……」

上目づかいで政彦をにらみつけた——その顔に、綾子が投げつけたティッシュペーパーのケースが当たった。

「謝りなさい！　お父さんに、なんてこと言うの！」

キン、ととがった声が、部屋の時間を止めた。音を消した。秀明は動かない。綾子もなにも言わない。政彦は棒きれのように立ちつくしていた。体が重いのか軽いのかわからない。なにかを背負っているようにも、ふわふわと頼りないものの上に立っているようにも思う。

ぽかんと口を開けて綾子を見ていた秀明が、甲高いしゃっくりをした。まなざしが、不意にゆるんだ。いつものものんきな顔に戻って、それを通り越して、半べその顔になった。

綾子も肩から力を抜いて、秀明に声をかけた。

「今夜、キツかったのよね、ほんとうは行きたくなかったんだもんね」

政彦に目をやって、「今夜の飲み会、秀明を励ます会だったんだって」と寂しそうに微笑《ほほえ》む。「友だちの中で浪人するのって秀明だけだから」

政彦は、なにも応《こた》えられなかった。綾子と秀明を交互に見て、立っているのがつらくなって、壁に背中を預けた。

「親切な友だちが多いと、大変よね」

綾子はしゃがみ込んで、ティーポットの破片を拾い集めた。

「なあ、秀明……」声が震える。「お父さんにはゆうべそんなこと言わなかっただろ。なんで言わなかったんだ？」

鼻を啜《すす》りあげるだけの秀明に代わって、綾子が答えた。

「あなたには言えないわよ」

「なんでだ……俺だって、子供のことといつも考えて、心配してるんじゃないか」

「でも、あなたには弱いところ見せられないのよ、みんな。あなたは強いから」

秀明も綾子の言葉をひきとって、くぐもった声で「言うわけないじゃんよ……」とつづけた。

政彦は顔をゆがめ、首をゆっくりと横に振った。篠原の薄笑いの顔がぼんやりと浮かび上がって、広がって、消える。強くなんかない、余裕なんてどこにもない、ただ間違ったことをしたくなくて、正しい、理想の自分になりたくて……ずっとがんばってきただけじゃないか……。

戸口にひとの気配がした。パジャマの上にカーディガンを羽織《はお》った優香がたたずんでいた。

政彦は壁にもたれたまま膝《ひざ》を折り曲げ、その場にへたり込んだ。

ポキン、だな。音が聞こえた。思いのほか乾いた、あっけないほど軽い音だった。さっきの秀明——あれを「キレた」と呼ぶのだろう。腹立たしさはない。あんなふうに思いきり暴れられたら気持ちいいだろうな、と思う。若いってのはいいな、とも。おとなは「キレる」わけにはいかない。おとなは「折れる」だ。ポキン、ポキン、と折れてしまう。

天井の照明をぼんやりと見つめて、家族の誰にともなく、誰にも聞かれなくていい、つっかい棒を失った顔と声で言った。

「お父さんなあ、みんな知らないと思うけど、ズボン穿《は》いたままウンチできないんだ。いつも、トイレの中でズボン脱いでるんだよ。家でウンチするときはまだいいんだけどな、駅のトイレなんかでするときって、靴とズボン片方だけ脱いで……狭いだろ、そういうところのトイレって、水で濡れてるし、和式だったら便器も汚れてるし、ズボン脱ぐのって大変なんだよ。いつもさあ、この歳《とし》になって情けねえなあって……でも、みんなの前ではちゃんとズボン穿いたままウンチしてるふりしなきゃいけないいんだよなあ、そうしないとな、おとななんだもんな、お父さん……」

なにを言ってるんだろう。自分でも不思議だった。だが、しゃべるにつれて、なにかが体の奥からすうっと消えていくような気がした。

優香が、ぷっと吹き出した。秀明もあきれ顔で、床に大の字に寝ころがった。

また、部屋の時間が止まる。初めて言っちゃったなあ、と政彦はゆっくりと瞬《まばた》いた。恥ずかしいよなあ、と笑った。

しばらく沈黙がつづいたあと、綾子が「お母さんだってね」と切りだした。「あんたたちに秘密にしてることあるのよ」

えっへん、と自慢するように、自分の言葉がちゃんと子供たちに届いているんだという手応えのある声で。

「お母さんね、優香が小学校に上がる頃まで詩を書いてたの。ポエムっていうか、かわいいやつね。お父さんと結婚する前もいろんなこと詩にして、秀明のことや優香のことやいろんなの書いてて、すごく恥ずかしいんだけど、まあ、お母さんが死んでから探して読んでごらん」

政彦も知らなかった、そんなこと。

「やだあ、それ、マジ?」

優香が嬉《うれ》しそうに言った。秀明も寝ころがったまま「サイテー」とつぶやく。さっきの「サイテー」とはまるっきり違った響きだった。

また沈黙がつづく。秀明はゆっくりと起きあがって、倒れたテーブルや椅子を片づけはじめた。優香は二階に戻っていった。階段を上る音は駆け足のテンポで、それだけでも、まあいいか、と思う。

政彦は両膝に顔をうずめて、息を詰めて笑った。笑いは胸から次々にこみ上げてくるが、まぶたもじわじわと熱くなる。嬉しいのか悲しいのかわからない。ただ、寂しくはなかった。

優香の自画像は、その夜、完成した。

両目をつぶって微笑む顔だった。

友だちからは「死に顔みたい」「お地蔵さんみたい」と評判が悪かったらしいが、笑顔であることは確かだった。

ひどい二日酔いで次の日はベッドから起き上がれなかった秀明は、リビングで暴れたことをこれっぽっちも覚えていないらしい。「すごかったんだから」と綾子が言っても、「ぜってー嘘《うそ》だよ、そんなの」と信じないし、割れたポットや引きちぎられたカーテンを見せても「ほんとは夫婦ゲンカしたんでしょ?」と笑う。百パーセント信じていいのかどうかはわからないが、じゃあウンチの話もあいつは覚えてないんだな、ということにしておいた。

「ねえ、なんであんなこと言っちゃったの?」

綾子に訊《き》かれて、「折れたんだよ」と答えた。綾子は最初は怪訝《けげん》そうだったが、とりあえず納得はしたのだろう、「まあ萎《しお》れちゃうよりはいいかもね」と笑った。

「おまえだって、なんであんなこと言ったんだ?」

綾子は笑うだけでなにも答えない。ポエムのことを尋ねても、とぼけてすまし顔をつくる。

政彦のショックは、むしろあれから日がたつにつれて深くなっていた。秀明にぶつけられた言葉を思いだし、優香がぶつけることすらしてくれなかった言葉を思い浮かべるたびに、胸がしぼられるように痛む。

「自分の生き方を子供に否定されちゃったようなもんだからな……」

綾子に愚痴ることもある。

それでも、やはりつっかい棒ははずさない。折れた箇所を継ぎ直して、カルシウムの補給も怠りなく、間違ったことはすまい、と心がけて仕事に臨み、プライベートな時間を過ごす。

ポットが割れたのをしおに、ミントティーを飲むのはやめたけれど。


優香の卒業式には、家族全員で出かけた。少し早口にはなったが、優香はしっかりと答辞を読み上げた。綾子は本人よりも緊張した顔でビデオを回し、政彦は壇上で拍手を浴びる優香のはにかんだ笑顔をズームでカメラにおさめた。

式が終わると、卒業生の家族は入れ替わり立ち替わり自画像パネルの前に来て、記念撮影をはじめた。

政彦たちも――。

「やっぱり、一人だけ目をつぶってると目立つなあ」

苦笑いを浮かべる政彦に、優香は「だって、正面向いてる顔って嫌だったんだもん」と言った。

政彦と綾子はちらりと目を見交し、小刻みにうなずき合った。

「でも、ふつうの顔じゃないほうが、おとなになってから見たら懐《なつ》かしいんじゃない？　こういう頃もあったんだなあ、って」

綾子の言葉に、優香は「そうかもね」とうなずいた。

政彦も優香の自画像に微笑みかけた。

閉じたまぶたは、傷が癒《い》えるまでのかさぶたなのかもしれない。ゆっくりと癒《いや》せばいい。そのための我が家だ――と思って、少し照れた。

「じゃあ、みんなこっち向いて。撮るよ」

三脚を立てたカメラを覗《のぞ》き込んで、秀明が言った。セルフタイマーのスイッチを入れて、政彦の隣に駆けてくる。

このカメラのタイマーは十秒だったかな二十秒だったかなと思っていたら、予想より早いタイミングでフラッシュが光った。

一家四人。

政彦だけ、目をつぶってしまった。

# また次の春へ

——おまじない

マチコさんが子どもの頃に暮らしていた町が、海に呑《の》み込まれた。

金曜日の午後だった。不精をして片づけるのが遅れたひな人形を箱にしまっていたときに、いままで体験したことのないような激しい揺れに襲われた。

震度5弱だったとあとで知った。マンションの建物ぜんたいが左右にしなるように揺れたのは確かに怖かったが、あわててテレビを点《つ》けた瞬間、東京の被害のことなど頭から消え去ってしまった。

ニュース速報の画面に日本地図が映し出されていた。東北地方を中心に「6」や「5」といった震度の数字が並び、ほどなく津波にかんする情報も加わった。大津波警報の発令された地域の海岸線が赤く縁取られた。関東から東北をへて北海道まで、太平洋に沿ったすべての海岸線が、赤——高いところで三メートル以上の津波が来る恐れがあるのだという。津波警報や津波注意報は知っていても、大津波警報という名前を目にしたのは、五十年近く生きてきて初めてのことだった。

津波の高さは正直言ってピンと来なかったが、テレビの画面を見つめるマチコさんのまなざしは、やがて一点に吸い寄せられたまま動かなくなった。

なつかしい町が赤く塗られている。小学四年生に進級した四月から翌年三月までの一年間だけ、父親の仕事の都合で暮らした海辺の町だ。大きな漁港があって、朝から晩まで、町のどこにいても、ウミネコの鳴き声が聞こえていた。

当たってほしくない、と願った。こういう警報は念のために出ているだけで、「なーんだ、たいしたことなかったんだ」と拍子抜けして笑うのが、毎度おなじみのパターンだった。警報が解除されるとテレビの画面の日本地図はあっさり消えて、中断していた番組も元に戻って、またふだんの生活がつづく。今度もそうであってほしい、と祈った。

だが、津波は警報どおりに町を襲った。三メートルどころではない。十メートルをはるかに超えた波は、海岸から何キロも離れたところまで達していたという。

そのときの映像が数日後にテレビで流れた。漁協のビルの屋上から撮った映像だった。港に停泊していた大きな漁船が、防潮堤を越えた波に乗って、ビルのすぐ脇《わき》を通り過ぎた。無数の自動車が流れていた。壊れた家々の屋根や柱や壁がすさまじい勢いで流され、そして沖のほうへと運ばれていった。映像には出ていなかったが、濁った水の中には、何百人ものひとも巻き込まれていたはずだ。

映像には、ビデオカメラを構えた若い男性職員の叫び声やうめき声も入っていた。町を呑み込んだ津波が渦を巻きながら沖に返っていくとき、うめき声はすすり泣きの声に変わった。嗚咽《おえつ》のせいなのか、最後のほうはカメラが激しく揺れていた。そのはずみで空が一瞬だけ映し出された。厚い雲が垂れ込めた北の町の空は、まだ冬の色をしていた。

マチコさんがその町に住んでいたのは、もう四十年近くも前のことになる。引っ越しの多い子ども時代を過ごした。水産物の加工会社に勤める父親の転勤に伴って、家族そろって引っ越しを繰り返し、何度も転校をした。いまなら父親が単身赴任するところだが、「昭和」の家族は「一つ屋根の下」というのを律儀《りちぎ》に守っていたということなのだろう。

転校が多ければ、お別れにも慣れてしまう。お別れに慣れると、忘れてしまうことにもあまり抵抗がなくなってしまう。

その町の友だちもそうだった。中学生の頃までは年賀状のやり取りをしていた友だちが何人かいたものの、いつのまにかそれも途絶えて、いまでは誰の消息も知らず、思いだすことすらなかった。

だから、町が津波に呑み込まれた映像を観《み》て、死者・行方不明者七百五十四人という数字を目にしても、友だちの顔は誰も浮かんでこない。

「いいのかな、そんなので……」

もどかしそうに、申し訳なさそうに、夫や子どもたちに言う。

「しょうがないだろ、ずっと昔のことなんだから」と夫は言った。「俺だって小学四年生の一年間だけ同級生だった奴《やつ》の顔なんて、全然覚えてないし」

「お母さん、そんなに気になるんだったら、義援金とか救援物資とかを送ってあげればいいんじゃない？」

大学に通う娘の言葉を引き取って、生意気盛りの中学二年生の息子は「そうそう、お金や物のほうがいいよ。お母さんはボランティアに行っても足手まといになるだけだもん」と笑った。

夫の言うことはわかる。娘の言うことも現実的にもっともだと思うし、息子の言葉にはさすがに少しムッとしたものの、それはそうだけどね、と認めるしかない。

だが、頭では理解して、納得していても、心の奥深いところがなんとも落ち着かない。

義援金を振り込み、救援物資を送ったあとも、まだ自分はやるべきことをなにもしていない、という思いは消えない。震災で命を落としたひと、家族を亡《な》くしたひと、家や仕事を失ったひとのことを考えると、自分がこうして東京でぬくぬくと暮らしていることじたい申し訳ない。誰かに、ごめんなさい、すみません、と謝りたい。その「誰か」がわからないから、よけいにつらい。

報道を追いかけているだけで日々が過ぎていた震災直後よりも、ミネラルウォーターの買いだめ騒ぎや計画停電の混乱をへて、東京の生活が徐々に日常を取り戻しはじめてからのほうが、落ち込み具合は激しかった。三月のうちは「お母さん、元気ないね」「またダイエットやってるの?」程度ですんでいたのに、四月に入ると「お母さん、どこか具合悪いんじゃない?」「ちょっと痩《や》せちゃった?」と子どもたちに真顔で心配されるようになってしまった。

夫が教えてくれた。

震災以来、マチコさんと同じように元気をなくしてしまったひとがたくさんいるのだという。インターネットのニュースサイトに出ていたらしい。

「自分は自分、被災者は被災者、っていうふうに割り切れないいんだよな」

俺だってそうだよ、と夫はつづけた。新聞に載っている死亡者の名簿を毎朝必ず見て、自分と同世代のひとや、わが家と同じような四人家族を探してしまう。亡くなったひとや遺族の無念と悲しみを思い、やりきれなさに胸を痛める一方で、自分自身の生活は震災前と変わっていないことに、なんともいいようのない後ろめたさも感じる。

「震災のあとは飲み会に誘われても、どうも外で酒を飲む気になれなくて……」

「そのほうがいいじゃない」と混ぜっ返してはみたものの、マチコさんにも夫の気持ちはよくわかる。ましてや、マチコさんにとっては、ほんの一年とはいえ暮らしていた町が被災したのだ。亡くなったひとや行方不明になったひとの中には、もしかしたらあの頃の同級生もいるかもしれない。それを確かめるすべがないから、よけいもどかしく、居たたまれなくなってしまうのだ。

「まあ、日本中のみんながショックを受けてるわけだから、少しぐらいは元気がなくなって当然なんだよ。あんまり考え込まないほうがいいって」

「うん……」

「それに、喉元《のどもと》過ぎれば熱さ忘れる、ってアレだけど、どうせまたしばらくたつと、テレビもいままでどおりバラエティーとかガンガンやって、被災地のことなんて忘れちゃうよ。いつものことだろ、それ」

そうかもしれない。だが、今度ばかりは、そうはならないのかもしれない。

いずれにしても、マチコさんの喉元には、確かになにかがひっかかっている。

「ねえ、状況がもうちょっと落ち着いたら、一度向こうに行ってみたいんだけど」

「ボランティアか？」

「っていうか、とにかく歩いてみたい。町を歩いて、もし昔の同級生に会えたら……」

「会えたら？」

しばらく考えてから、首を横に振った。「そこから先のことはわからないけど」と正直に答えた。

夫はあきれたようにマチコさんを見て、まいったな、とため息をついた。それでも、行くな、とは言わなかった。

田舎の母親に連絡して、子どもの頃のアルバムを送ってもらった。

いまと違って、写真を気軽に撮るような時代ではない。あの町で暮らした一年間で撮った写真は二十枚ほど、それも、ほとんどは家族で撮った写真で、学校の友だちと一緒に写っているのは、転入した直後に撮ったクラスの集合写真の一枚きりだった。

みんなすまし顔をしているせいか、マチコさん自身がまだ学校に全然なじんでいない時期に撮ったせいなのか、写真を見ても、記憶にかろうじて残っている友だちの顔とうまくつながらない。

一人ずつ指差して、名前を思いだしてみた。フルネームが出てくる子は誰もいない。苗字《みょうじ》だけ、下の名前だけ、あだ名だけ——市役所のホームページに出ている避難所の名簿や、新聞の死亡者の名簿と照らし合わせても、あたりまえの話だが、誰とも重なり合わない。

だが、三十八人いたクラスの友だちの全員がまったく被災していないということは、ありえない。写真の中の何人かは家を流され、何人かは家族を喪《うしな》い、そして、もうこの世にはいない友だちも、もしかしたら……。

写真の中の友だちはみんな、服装も髪形も野暮ったい。正直に言うと、みすぼらしい。そんな中で、マチコさんは明らかに雰囲気が違う。いかにも都会から来た女の子だった。

「東京から来た転校生なんて、ふつういじめられちゃうんじゃない?」と息子に訊《き》かれた。

「ぜーんぜん。みんなすごく親切だったし、素朴で優しくて、お母さんも東京で流行《はや》って遊びとか教えてあげてたんだから」

「遊び、って?」

「おまじないなんかが多かったかな。四年生ぐらいの女子って、そういうのが好きなのよ」

「ふうん……」

息子にはよくわかっていない様子だったが、横で話を聞いていた娘は、なるほどね、と笑ってうなずいてくれた。

実際、マチコさんはたくさんのおまじないをクラスの友だちに伝えたのだ。

緊張をほぐすおまじない、自信のない問題を先生にあてられずにすむおまじない、なくし物が見つかるおまじない、仲直りができるおまじない……。東京の学校で上級生から下級生に受け継がれていたものもあれば、みんなの期待に応《こた》えるべくマチコさんがとっさに思いついたおまじないもあった。

「えーっ、それって嘘《うそ》ってことじゃん、ひどくない?」「お母さん、向こうが田舎者だからと思ってナメてたんじゃないの?」

子どもたちの抗議の声を「おまじないは、そういうものなの」と強引にねじ伏せた。

遠く離ればなれになってしまっても、また会えますように——。

そんなおまじないもオリジナルでつくったような気がする。肝心の中身のほうは、もう忘れてしまったのだけど。

＊

パートタイムの仕事のスケジュールをやり繰りして、五月の大型連休明けにようやく二泊三日の時間をつくった。

ワゴン車に水や食料、思いつくままに救援物資を積み込み、地震や津波の被害を幸いほとんど受けなかった内陸部の町のビジネスホテルを予約して、一人で東京を発《た》った。

なんのために——？

その問いの答えは結局見つからないまま、マチコさんは北へ向かった。

夜明け前に自宅を出て、高速道路に乗り、車窓の風景が都会から郊外をへて、田園地帯に変わった頃、遅ればせながら気づいた。

結婚をして二十四年、一人きりで泊まりがけの旅行をするのは、これが初めてのことだった。

日が傾きかけた頃に着いたなつかしい町は、「なつかしい」という言葉をつかうことすら叶《かな》わないほど、変わり果てていた。

港に近い地区は、一面の焼け野原になっていた。津波で建物が根こそぎさらわれたあと、火災が発生して、三日三晩燃えつづけたのだという。陸に打ち上げられた漁船の数は予想以上に多かった。冷凍倉庫の建物の骨組みは津波に流されずに残っていたが、倉庫の中にあったカツオやサンマはすべて外に出てしまい、腐敗して、鼻の曲がるような異臭を放ち、それを無数のウミネコがついばんでいる。

ただし、町のすべてが壊滅的な被害を受けてしまったというわけではない。

山が海のすぐそばまで迫った地形なので、町並みは高台にも広がっている。東京を真似《まね》たわけでもないのだろうが、港の近くは「下町」、高台の地区は「山の手」と呼び習わされていた。

マチコさんが住んでいた社宅は「下町」にあった。当時の「山の手」は段々畑や果樹園の中にぽつりぽつりと古い農家があるぐらいだった。「下町」の子どもたちはちょっとした遠足や冒険気分で、放課後に急な坂道を登って「山の手」を訪ねては、湾を一望できる自然公園で遊んでいたものだった。

だが、いまでは「山の手」もすっかり開けた。ひな壇に造成された土地には新しい住宅が建ち並び、市役所が何年か前に「下町」から移転したこともあって、むしろ市の中心は「山の手」に移りつつある様子だった。

なにより、「下町」には復旧作業の重機やダンプカーや自衛隊の車両しか見あたらないのに、津波が届かず火災にも遭わなかった「山の手」は、以前と変わらないたたずまいで、五月の風にこいのぼりがたなびいている。

あの日のあの瞬間を境に、一つの町で明暗が残酷なほどくっきりと分かれた。おそらく、同じ「下町」でも、家族全員亡くなってしまった世帯もあれば、運良く全員が難を逃れたという世帯もあるだろう。建物の被害こそなかった「山の手」でも、家族や身内や知り合いを亡くしたひととそうでないひとが分かれてしまうことになる。その理不尽さが悲しく、悔しい。

「下町」を車で回った。建物がなくなったからというだけではなく、昔を思いだすよすがになるものはほとんど残っていない。電柱の住居表示を見ても、町名が変わってしまったのか、そこが昔でいえばどのあたりになるのか、さっぱり見当がつかない。

通っていた小学校は、避難所になっていた。子どもたちは「山の手」の小学校で授業を受けていて、教室ではそれぞれ十世帯ほどのひとたちが避難生活を送っている。救援物資の仕分け場になっている体育館の壁は、大きな伝言板のような役割も果たしていて、安否不明の家族の情報を求める紙や、身を寄せた先の住所を書いた紙が、びっしりと貼《は》ってある。

その隅を、マチコさんも使わせてもらった。

出発前に、クラスの集合写真をスキャンして、たくさんプリントアウトした。その束をクリップで留めて壁に掛け、手紙を添えた。

〈市立第二小学校で、昭和47年に4年1組だった皆さんへ
被災して古いアルバムなどを失ってしまった方々がたくさんいらっしゃると聞いて、クラスの集合写真を持ってきました。必要な方はどうぞご遠慮なく持ち帰ってください。
私は、元・4年1組の山本真知子といいます。結婚して、いまの姓は「原田」です。いまは東京で、夫と子ども二人と暮らしています。この写真の、最前列の右から二人目が私です。新年度が始まった4月に東京から転校してきて、3月に学年が終わるのと同時に、今度は札幌に転校していきました。4年1組では「マッちん」と呼ばれていました。覚えていらっしゃいますか?
震災で市内が大きな被害を受けたことを知り、いてもたってもいられなくて、東京

から来ました。もし、この手紙を読んだ元・4年1組のひとで、私のことを覚えているひとがいらっしゃったら、よろしければ下記の番号に電話をいただけませんか?〉

手紙を壁に掛けたあと、急に不安になった。

東京で手紙を読んだ子どもたちの反応も、「ちょっと無神経な感じがするって思うひともいるかもよ」「お母さんは被災してないんだし、家族を亡くして避難所生活してるひともいるはずだから、東京で何人家族とかって書かないほうがいいんじゃない?」と、けちょんけちょんだった。「まあいいよ、やりたいようにやってみればいいんだ」ととりなしてくれた夫も、「ダメでもともとのつもりでな」と釘《くぎ》を刺すのを忘れなかった。

もっとも、当のマチコさんには自信があった。だいじょうぶ、手紙を読んだ昔の同級生はみんな昔をなつかしんでくれる、と信じ込んでいた。その根拠のない自信は、いざ手紙を壁に掛けたあとは、クルッと裏返ってしまったかのように、理由のわからない不安になってしまったのだ。

その夜は、遅くまでビジネスホテルの部屋で起きていたが、電話はかかってこなかった。

翌日は早朝から市内に入った。といっても、マチコさんには、瓦礫《がれき》の町をあてもなく車を走らせる以外にすることがない。市役所ではボランティアの受付をしていたが、五十前のおばさんがなんの準備もせずに、ほんの一日だけ働くというのでは、足手まといどころか、申し込みをすることじたい失礼になってしまいそうな気がする。

町を何周もした。電話は鳴らない。

港に近づくと、道路に水たまりが増えてきた。自宅の瓦礫を片づけながら、泥をスコップで掻《か》き出している親子がいた。マチコさんのウチと同じ、お母さんとお姉さんと弟の三人だった。子どもたちの年格好も似ている。お父さんがいないのは仕事に出ているからなのか、それとも――。

その家の前を通り過ぎてから車を停めた。なにか手伝えることはないだろうか、と思った。だが、エンジンを切ってシートベルトをはずすと、急に胸が重くなった。ため息をついて、「小さな親切、大きなお世話、か……」とつぶやくと、もう車を降りる気力はなくなってしまった。

疎《うと》んじられるかどうかはわからない。自分で勝手に決めつけただけのことだ。もしかしたら、たいして役には立たなくても、誰かが手伝ってくれたというだけで、三人は喜んだかもしれない。

それでも、やっぱり違う。なにかが違う。とにかく違う。再びエンジンをかけて、車を走らせた。舗装の剝《は》げた埃《ほこり》っぽい道路を、急加速して駆けていった。やめればよかった。おばさんの図々《ずうずう》しさで押し通してはいけないものがあるんだと、もっと早く気づけばよかった。

「下町」の市街地を抜けて、国道に出た。津波の被害を受けていない内陸の町を目指して、車のスピードをさらに上げた。なつかしい町に背を向けて、逃げだすような格好になってしまった。

なにをやっているんだろう——。

自分でもワケがわからない。

いい歳《とし》をして——。

いや、この歳になったからこそ、こんなにぶざまな空回りをしてしまうのだろうか。

まだ電話は誰からもかかってこない。

それを寂しく思うよりも、いまは、ほっとしている気持ちのほうが強かった。

*

夕方まで長い長いドライブをした。なつかしい町のまわりをぐるぐると巡りつづけるドライブだった。

沿道にコンビニエンスストアを見つけるたびに車を停めて、レジに置いてある義援金の募金箱にお金を入れた。言い訳のような募金だと、自分でも思う。

誰に――？　なんの言い訳を――？

結局、東京で落ち込んでいた頃となにも変わらない。

夕方、お別れをするつもりで、なつかしい町に戻った。最後の最後に町を見渡しておこうと思って、「山の手」の公園に向かった。

昔は、自然公園の名前どおり、ほとんどひとの手が入っていない雑木林が三方を取り囲んでいたが、いまはその林はそっくり住宅地に変わってしまい、門に刻まれた名前も「自然公園」から「児童公園」になっていた。

それでも、町と海を一望できる眺めの良さはあの頃と同じだった。ブランコを漕《こ》いでいると、勢い余って空を飛んでいってしまいそうな気がして、胸がドキドキしていたものだった。ブランコの位置や向きは昔どおりだったから、いまの小学生たちも、同じように胸をドキドキさせながらブランコを漕いでいるのかも――と想像しかけて、ふと思いだした。

あ、そうだ、と声も漏れそうになった。

忘れていた記憶がよみがえった。

なつかしい町に来て、初めて、友だちの顔がくっきりと浮かんだ。

三学期の終わりで転校することが決まったあと、クラスでいちばんの仲良しだったケイコちゃんと二人で、この公園で遊んだのだ。

修了式まであまり間のない、お別れの日が迫っていた頃だった。

ケイコちゃんはマチコさんが転校してしまうのをとても悲しんで、お別れした友だちとまた会えるおまじないをリクエストしてきた。

そんなもの、知らない。だが、ケイコちゃんのリクエストに応えるためだけではなく、自分自身がそれを本気で信じたくて、とっさにオリジナルのおまじないを考えた。

ブランコが二台。二人で並んで、前後に振るタイミングが交互になるように立ち漕ぎしながら、勢いをつけていく。三十回漕いでから、おまじないを始める。自分のブランコが前に出たときに相手の名前を呼ぶ。それを十回。次に、いつ会いたいかを、同じように十回。そのときに隣にいる相手の顔を見てはいけない。まっすぐに前を向いて、ブランコが後ろに戻る前に早口に言わなければならない。

急いで考えたわりには、自分でもなかなかの出来だと思った。「横を向いてはいけない」「早口に言う」というところが、なんとなくおまじないっぽい。

「東京の子は、みんなやってるんだよ」

仕上げの小さな嘘《うそ》で、もう完璧《かんぺき》――ケイコちゃんはあっさり信じて、じゃあやろうよ、いまからわたしたちもやろうよ、と張り切ってブランコを漕ぎはじめたのだ。

ケイコちゃんって単純だったもんなあ、とベンチで苦笑して、バッグからクラスの集合写真を取り出した。前から二列目の、右から四人目。担任の先生の斜め後ろ。この子だ、この子、田舎っぽい顔してたんだ、とオカッパ頭のケイコちゃんを指で軽くつつくと、ほんの少し気分が楽になった。

あの日のおまじないでは、再会する日をいつに決めていたのだろう。細かいところは覚えていない。「夏休み」あたりだっただろうか。そこまで待ちきれずに「ゴールデンウィーク」にしただろうか。どっちにしても、おまじないの効果はなく、修了式の翌日に引っ越したきり、二度とケイコちゃんに会うことはなかった。

ケイコちゃんはいまも元気でいるだろうか。結婚して、この町を離れて、地震や津波の被害を受けなかった町で、家族そろって幸せに暮らしていてほしい。ケイコちゃんだけではない。みんな。みんな。みんな。集合写真をじっと見つめ、名前が出てこない友だちの顔を一人ずつ目と指でたどって、心から祈った。

祈るだけでは気がすまない。ブランコを漕いでみよう。おまじないを信じてみたい。いまなら、あのおまじないは願いを叶えてくれるかもしれない。

ベンチから立ち上がり、ブランコに向かって歩きだした、そのときだった。

小学生の女の子が二人、公園に入ってきた。ランドセルを背負って、学校帰りに寄り道しているのだろう。一人の子が「あ、ラッキー、空いてる」と歓声をあげると、もう一人の子も「早く行こう！」と声をはずませて、二人で手をつないでブランコに駆け寄った。

何年生だろう。四年生か五年生といった背格好だろうか。ブランコで遊ぶにはお姉さんすぎる気もしたが、やっぱりそういうところが田舎の子の純朴さなのかな、とマチコさんは苦笑して、ブランコを二人に譲り、ベンチに座り直した。

二人はさっそくブランコ板の上に立ち、作戦を確認するみたいに目配せし合って、漕ぎはじめた。

前、後ろ、前、後ろ、前、後ろ……。二台のブランコが交互に前に出る。「いーち、にーい、さーん……」と二人はそれぞれ自分のブランコが前に出る回数を数え、三十までいったところで、相手の名前を呼びはじめた。

「エリちゃん」「ハルカちゃん」「エリちゃん」「ハルカちゃん」「エリちゃん」「ハル

カちゃん」――早口に、十回ずつ。

そして、つづけて「夏休み！」「夏休み！」「夏休み！」「夏休み！」と、同じ言葉を交互に、十回ずつ。

マチコさんは思わずベンチから腰を浮かせ、呆然《ぼうぜん》と二人を見つめた。

二人は第二小学校の四年生だった。大親友なのだという。二人とも家族は全員無事だったが、「下町」にある家は津波に流され、火災で焼き尽くされてしまった。いまは避難所から「山の手」の学校に通っているが、片方の子が親戚《しんせき》の家に家族で身を寄せることになった。お別れになってしまう。

でも、いつかまた会いたい――。

絶対にまた、一緒に遊びたい――。

「いまのおまじないって……」

マチコさんが訊《き》くと、転校してしまう子が「六年生のひとが教えてくれたの」と答え、見送るほうの子が「ずーっと、二小の伝統になってるの！」と自慢するようにつづけた。

「そうそう、伝統だよねー。だって、ウチのお父さんも二小なんだけど、お父さんの頃からあったんだって。ほかの学校にはないから、二小だけの伝統なんだよね」

「すごく効き目あるって六年生のひとが言ってたよ」

「奇跡を呼ぶんだよね」

「だからまたエリちゃんと会えるよね」

「会える会える」

ケイコちゃんが友だちの誰かに伝えてくれた。その友だちが別の誰かに伝え、年下の子にも広がって、やがて代々語り継がれる伝統になった。

「あれ？　おばちゃん、泣いてるの？」

「なんで？　えーっ、わたし、なにもヘンなこと言ってないよね？」

「でも泣いてるよ」

「やだ、なんでぇ？」

わかった。わたしがこの町でいちばん会いたかったのは、昔のわたしだったんだ、と思った。だいじょうぶ。ちゃんといた。マチコさんがこの町で暮らしたことの証《あかし》は、ここに残っていた。

胸のつかえが、すうっと消えていく。やっと、誰かのためにきちんと涙を流せる気がした。「誰か」の顔は浮かばないままでも、もう落ち込まなくていいんだ、と顔の見えない誰かが、そっと背中をさすってくれた。

二人が公園からひきあげて、頬を伝った涙の痕《あと》もなんとか乾いた頃、電話が鳴った。ケイコちゃんから――だと、さすがに話が出来過ぎになってしまう。

男のひとだった。元・四年一組の男子。ハセガワと名乗った。さっき体育館で写真を見つけたのだという。とてもなつかしくて、とてもうれしかった、と言ってくれた。

ハセガワくん、ハセガワくん、ハセガワくん……写真を手に記憶をたどったが、思いだせない。よそよそしい「です、ます」をつかったハセガワくんの口調も、マチコさんのことをはっきり覚えているというわけではなさそうだった。

写真のどこに写っているかを教えてもらったら、ああそういえば、と記憶がよみがえるかもしれない。

それでも、マチコさんは写真から顔を上げ、広大な更地になってしまった「下町」の風景に目を移した。まっすぐ見つめる。また目に涙が溜《た》まってくるのがわかる。

「この写真のために、わざわざ東京から来てくれたんですか？」

「ええ、まあ……」

「それで、いま、どこにいるんですか？」

マチコさんは強くまたたいて、涙を振り落としてから、言った。

「ごめんなさーい、もう東京に帰ってきてるんです」

「そうなんですか、せっかく来てくれたのに、すみません、もっと早く気づいてればなあ……」

「でも、また来ます」

自分でも意外なほど、きっぱりとした口調で言えた。それがなによりうれしかった。ハセガワくんも、マチコさんの答えを喜んでくれた。「ですよね、うん、絶対にまた来てください」と返す声は、涙交じりにもなっていた。

「いまはみんな大変で、ウチなんかもずーっと避難所生活で、おふくろがまだ行方不明なんですけど……でも、来年の春、また来てください……来年間に合わなかったら、再来年でも、その次でもいいですから、みんなまた元気になって、町も復興して、そうしたら同窓会しましょう」

はい、と応《こた》えた。言葉だけでは足りない。なつかしい町に向かって、頭を深々と下げた。

電話を切って、ブランコ板の上に立った。

ブランコは何年ぶりだろう。息子が小学校に上がってからは公園に連れて行く機会もなかったから、十年近いブランクがある。立ち漕ぎになると、十数年……二十年と見たほうがいいかもしれない。

思いのほか板は不安定だし、鎖もよじれながら揺れどおしだった。それでも、ゆっくりと漕ごう。最初は小さな振り幅でも、少しずつ勢いをつけていけばいい。

おまじないの言葉は、「みんな」を十回。

つづけて、「また次の春」を十回。

膝《ひざ》を軽く曲げて、伸ばし、その反動を使って漕いでいった。

なつかしい町がゆらゆらと揺れはじめた。

# 刊行にあたって

お話の書き手としても読み手としても、短編集という形態にずっと心惹《ひ》かれています。バラエティーに富んだ短いお話を吹き寄せのように集めたものも楽しいし、書き手の意図や目論見《もくろみ》がくっきりと出ているものも面白い。「編む」力の強弱や手つきはそれぞれでも、ページを何度かめくるごとに新しい物語の風景が登場することが、僕にとっての短編集の醍醐味《だいごみ》です。だから、自分の短編集をつくるときには、風景の並び方＝作品の配列をめぐって、ああでもないこうでもないとさんざん悩んで（でも思いきり楽しんで）いるわけです。

そんなふうにつくった既刊の短編集から作品をピックアップして、また新たな本を編みました。東日本大震災がなければ生まれなかった二冊、センエツは承知のうえで、自分なりの震災とのかかわり方を考えたすえの刊行です。

僕自身は直接の被災者ではなくても——いや、被災者ではないからこそよけいに、ただ報道だけを追いかけている自分がもどかしくてしかたありませんでした。なにかできないか。ほんの小さなことでも役に立てないだろうか。そう考えているときに、自分の書いた昔のお話が「オレたちがいるぞ」と声をかけてきたような気がしたのです。

その声にハッパをかけられてつくったのが、『卒業ホームラン』『まゆみのマーチ』です。ともに「自選」という形で、特に愛着の強いお話を集めました。旧作だけでは少し物足りなくて、震災そのものを遠景に置いた新作も、それぞれに一編ずつ。

この二冊の著者印税を、将来にわたって全額、あしなが育英会に寄付します。同会を通じて、震災で親を亡《な》くした子どもたちの支援に役立てていただきます。

偽善、自己満足、よけいなお世話、そんな言葉の苦みと重みとを噛《か》みしめつつ、刊行にあたってお世話になった関係各位に心からの御礼を申し上げます。また、印税の寄付とは、発想を変えると、読者が定価の十パーセントの金額を寄付するということでもあります。趣旨にご賛同いただけるでしょうか。なにとぞよろしくお願いいたします。

短編集の醍醐味は風景の変化を味わうことにある、と先ほど書きました。『卒業ホームラン』と『まゆみのマーチ』の場合は、それに加えて、読者一人ずつの胸の中にある「東北」や「家族」の幸せな風景が浮かんできてほしいな、と願っています。失われた風景を取り戻すには長い時間がかかるはずです。でも、あきらめるわけにはいかない。自分にできるせいいっぱいの祈りを込めて本書を編みました。どうか、あなたのお気に入りの短編集になってくれますように。

二〇一一年七月

重松清

## 所収一覧

まゆみのマーチ（新潮文庫『卒業』所収）
ワニとハブとひょうたん池で（新潮文庫『ナイフ』所収）
セッちゃん（新潮文庫『ビタミンF』所収）
カーネーション（新潮文庫『日曜日の夕刊』所収）
かさぶたまぶた（新潮文庫『ビタミンF』所収）
また次の春へ――おまじない（単行本・文庫未収録作品）

この作品は文庫オリジナル編集です。

重松　清著　**舞姫通信**

教えてほしいんです。私たちは、生きてなくちゃいけないんですか？　僕はその問いに答えられなかった——。教師と生徒と死の物語。

重松　清著　**見張り塔から　ずっと**

3組の夫婦、3つの苦悩の果てに光は射すのか？　現代という街で、道に迷った私たち。新・山本周五郎賞受賞作家の家族小説集。

重松　清著　**ナイフ**
坪田譲治文学賞受賞

ある日突然、クラスメイト全員が敵になる。私たちは、そんな世界に生を受けた——。五つの家族は、いじめとのたたかいを開始する。

重松　清著　**日曜日の夕刊**

日常のささやかな出来事を通して蘇る、忘れかけていた大切な感情。家族、恋人、友人——、ある町の12の風景を描いた、珠玉の短編集。

重松　清著　**ビタミンF**
直木賞受賞

もう一度、がんばってみるか——。人生の〝中途半端〟な時期に差し掛かった人たちへ贈るエール。心に効くビタミンです。

重松　清著　**エイジ**
山本周五郎賞受賞

14歳、中学生——ぼくは「少年A」とどこまで「同じ」で「違う」んだろう。揺れる思いを抱き成長する少年エイジのリアルな日常。

重松清著 きよしこ

伝わるよ、きっと——。少年はしゃべることが苦手で、悔しかった。大切なことを言えなかったすべての人に捧げる珠玉の少年小説。

重松清著 小さき者へ

お父さんにも14歳だった頃はある——心を閉ざした息子に語りかける表題作他、傷つきながら家族のためにもがく父親を描く全六篇。

重松清著 卒業

大切な人を失う悲しみ、生きることの過酷さ。それでも僕らは立ち止まらない。それぞれの「卒業」を経験する、四つの家族の物語。

重松清著 くちぶえ番長

くちぶえを吹くと涙が止まる。大好きな番長はそう教えてくれたんだ——。懐かしい子ども時代が蘇る、さわやかでほろ苦い友情物語。

重松清著 熱球

二十年前、もしも僕らが甲子園出場を果たせていたなら——。失われた青春と、残り半分の人生への希望を描く、大人たちへの応援歌。

重松清著 きみの友だち

僕らはいつも探してる、「友だち」のほんとうの意味——。優等生にひねた奴、弱虫や八方美人。それぞれの物語が織りなす連作長編。

重松清著
**星に願いを**
―さつき断景―

阪神大震災、オウム事件、少年犯罪……不安だらけのあの頃、それでも大切なものは見失わなかった。世紀末を生きた三人を描く長編。

重松清著
**あの歌がきこえる**

友だちとの時間、実らなかった恋、故郷との別れ――いつでも俺たちの心には、あのメロディーが響いてた。名曲たちが彩る青春小説。

重松清著
**みんなのなやみ**

二股はなぜいけない？　がんばることに意味はある？　シゲマツさんも一緒に困って真剣に答えた、おとなも必読の新しい人生相談。

重松清著
**青い鳥**

非常勤の村内先生はうまく話せない。でも先生には、授業よりも大事な仕事がある――孤独な心に寄り添い、小さな希望をくれる物語。

重松清著
**せんせい。**

大人になったからこそわかる、あのとき先生が教えてくれたこと――。時を経て心を通わせる教師と教え子の、ほろ苦い六つの物語。

太宰治著
**人間失格**

生への意志を失い、廃人同様に生きる男が綴る手記を通して、自らの生涯の終りに臨んで、著者が内的真実のすべてを投げ出した小説。

伊坂幸太郎著
**オーデュボンの祈り**
卓越したイメージ喚起力、洒脱な会話、気の利いた警句、抑えようのない才気がほとばしる！ 伝説のデビュー作、待望の文庫化！

伊坂幸太郎著
**ラッシュライフ**
未来を決めるのは、神の恩寵か、偶然の連鎖か。リンクして並走する4つの人生にバラバラ死体が乱入。巧緻な騙し絵のごとき物語。

伊坂幸太郎著
**重力ピエロ**
ルールは越えられるか、世界は変えられるか。未知の感動をたたえて、発表時より読書界を圧倒した記念碑的名作、待望の文庫化！

伊坂幸太郎著
**フィッシュストーリー**
売れないロックバンドの叫びが、時空を超えて奇蹟を呼ぶ。緻密な仕掛け、爽快なエンディング。伊坂マジック冴え渡る中篇4連打。

伊坂幸太郎著
**砂漠**
未熟さに悩み、過剰さを持て余し、それでも何かを求め、手探りで進もうとする青春時代。二度とない季節の光と闇を描く長編小説。

伊坂幸太郎著
**ゴールデンスランバー**
山本周五郎賞受賞
本屋大賞受賞
俺は犯人じゃない！ 首相暗殺の濡れ衣をきせられ、巨大な陰謀に包囲された男。必死の逃走。スリル炸裂超弩級エンタテインメント。

角田光代著
キッドナップ・ツアー
産経児童出版文化賞・
路傍の石文学賞受賞
私はおとうさんにユウカイ(=キッドナップ)された! だらしなくて情けない父親とクールな女の子ハルの、ひと夏のユウカイ旅行。

角田光代著
真昼の花
私はまだ帰らない、帰りたくない――。アジアを漂流するバックパッカーの癒しえぬ孤独を描いた表題作ほか「地上八階の海」を収録。

角田光代著
おやすみ、こわい夢を見ないように
もう、あいつは、いなくなれ……。いじめ、不倫、逆恨み。理不尽な仕打ちに心を壊された人々。残酷な「いま」を刻んだ7つのドラマ。

角田光代著
さがしもの
「おばあちゃん、幽霊になってもこれが読みたかったの?」運命を変え、世界につながる小さな魔法「本」への愛にあふれた短編集。

角田光代著
しあわせのねだん
私たちはお金を使うとき、べつのものも確実に手に入れている。家計簿名人のカクタさんがサイフの中身を大公開してお金の謎に迫る。

角田光代
鏡リュウジ著
12星座の恋物語
夢のコラボがついに実現! 12の星座の真実に迫る上質のラブストーリー&ホロスコープガイド。星占いを愛する全ての人に贈ります。

さくらももこ著
そういうふうにできている

ちびまる子ちゃん妊娠!? お腹の中には宇宙生命体＝コジコジが!?期待に違わぬスッタモンダの産前産後を完全実況、大笑い保証付!

さくらももこ著
憧れのまほうつかい

17歳のももこが出会って、大きな影響をうけた絵本作家ル・カイン。憧れの人を訪ねる珍道中を綴った、涙と笑いの桃印エッセイ。

さくらももこ著
さくらえび

父ヒロシに幼い息子、ももこのすっとこどっこいな日常のオールスターが勢揃い! 奇跡の爆笑雑誌「富士山」からの粒よりエッセイ。

佐野洋子著
ふつうがえらい

嘘のようなホントもあれば、嘘よりすごいホントもある。ドキッとするほど辛口で、涙がでるほど面白い、元気のでてくるエッセイ集。

佐野洋子著
がんばりません

気が強くて才能があって自己主張が過ぎる人。あの世まで持ち込みたい恥しいことが二つ以上ある人。そんな人のための辛口エッセイ集。

佐野洋子著
シズコさん

私はずっと母さんが嫌いだった。幼い頃からの母との愛憎、呆けた母との思いがけない和解。切なくて複雑な、母と娘の本当の物語。

筒井康隆著

家族八景

テレパシーをもって、目の前の人の心を全て読みとってしまう七瀬が、お手伝いさんとして入り込む家庭の茶の間の虚偽を抉り出す。

筒井康隆著

七瀬ふたたび

旅に出たテレパス七瀬。さまざまな超能力者とめぐりあった彼女は、彼らを抹殺しようと企む暗黒組織と血みどろの死闘を展開する！

筒井康隆著

エディプスの恋人

ある日、少年の頭上でボールが割れた。強い〝意志〟の力に守られた少年の謎を探るうち、テレパス七瀬は、いつしか少年を愛していた。

筒井康隆著

旅のラゴス

集団転移、壁抜けなど不思議な体験を繰り返し、二度も奴隷の身に落とされながら、生涯をかけて旅を続ける男・ラゴスの目的は何か？

筒井康隆著

ロートレック荘事件

郊外の瀟洒な洋館で次々に美女が殺される！史上初のトリックで読者を迷宮へ誘う。二度読んで納得、前人未到のメタ・ミステリー。

筒井康隆著

パプリカ

ヒロインは他人の夢に侵入できる夢探偵パプリカ。究極の精神医療マシンの争奪戦は夢と現実の境界を壊し、世界は未体験ゾーンに！

宮沢賢治著　新編　風の又三郎

谷川に臨む小学校に突然やってきた不思議な転校生――少年たちの感情をいきいきと描く表題作等、小動物や子供が活躍する童話16編。

宮沢賢治著　新編　銀河鉄道の夜

貧しい少年ジョバンニが銀河鉄道で美しく哀しい夜空の旅をする表題作等、童話13編戯曲1編。絢爛で多彩な作品世界を味わえる一冊。

宮沢賢治著　注文の多い料理店

生前唯一の童話集『注文の多い料理店』全編を中心に土の香り豊かな童話19編を収録。イーハトヴの住人たちとまとめて出会える一巻。

天沢退二郎編　新編　宮沢賢治詩集

自己の心眼と森羅万象との絶えざる交流と融合とによって構築された独創的な詩の世界。代表詩集『春と修羅』はじめ、各詩集から厳選。

三島由紀夫著　金閣寺　読売文学賞受賞

どもりの悩み、身も心も奪われた金閣の美しさ――昭和25年の金閣寺焼失に材をとり、放火犯である若い学僧の破滅に至る過程を抉る。

三島由紀夫著　春の雪（豊饒の海・第一巻）

大正の貴族社会を舞台に、侯爵家の若き嫡子と美貌の伯爵家令嬢のついに結ばれることのない悲劇的な恋を、優雅絢爛たる筆に描く。

まゆみのマーチ
自選短編集・女子編

新潮文庫　し－43－19

平成二十三年九月一日発行

著者　重《しげ》松《まつ》清《きよし》
発行者　佐藤隆信
発行所　株式会社新潮社

郵便番号　一六二―八七一一
東京都新宿区矢来町七一
電話 編集部(〇三)三二六六―五四四〇
読者係(〇三)三二六六―五一一一
http://www.shinchosha.co.jp

価格はカバーに表示してあります。

乱丁・落丁本は、ご面倒ですが小社読者係宛ご送付ください。送料小社負担にてお取替えいたします。

印刷・二光印刷株式会社　製本・加藤製本株式会社

ISBN978-4-10-134929-9 C0193